融资约束视角下金融发展
对中国企业对外直接投资的影响研究

葛璐澜 著

上海科学普及出版社

图书在版编目（CIP）数据

融资约束视角下金融发展对中国企业对外直接投资的影响研究 / 葛璐澜著. -- 上海：上海科学普及出版社，2024.7. -- ISBN 978-7-5427-8805-4

Ⅰ．F279.23

中国国家版本馆 CIP 数据核字第 2024UD1855 号

责任编辑　张善涛

融资约束视角下金融发展
对中国企业对外直接投资的影响研究

葛璐澜　著

上海科学普及出版社出版发行

（上海中山北路 832 号　邮政编码 200070）

http://www.pspsh.com

各地新华书店经销　上海华业装璜印刷厂有限公司
开本 787×1092　1/16　印张 11　字数 151 000
2024 年 7 月第 1 版　2024 年 7 月第 1 次印刷

ISBN 978-7-5427-8805-4　　定价：45.00 元
本书如有缺页、错装或坏损等严重质量问题
请向工厂联系调换
联系电话：021-39978673

前　言

"走出去"战略实施以来,中国企业通过积极参与国际分工,迅速提升了在国际市场中的地位。根据商务部发布的《2022年度中国对外直接投资统计公报》数据显示,截至2022年,中国企业在全球190个国家(地区)参与了对外直接投资,对外直接投资流量达到1631.2亿美元,流量规模蝉联全球第二。中国企业的对外直接投资为中国经济发展带来了长足动力,也为中国企业提升自身的技术水平和研发能力起到了重要的推动作用。与此同时,我们注意到,自从2008年全球发生金融危机之后,中国企业对外直接投资的增长速度出现了明显下滑,这一现象在一定程度上说明获取外部融资的难易程度会严重影响中国企业对外直接投资。相较于在国内进行投资,企业进行海外投资需要承担更高的投资成本和风险,这也导致企业面临更严峻的融资约束,同样意味着外部融资环境和企业自身的融资能力与企业的国际化进程息息相关。跨国企业面临中国和东道国(地区)两个外部融资环境,考虑到中国融资成本较低,企业首先会优先选择在中国进行融资。然而我们看到,虽然中国金融市场改革一直在稳步推进,但受到信用记录不完全、抵押品不足、融资规模小等因素的制约,不少企业仍面临无法在中国顺利获得资金支持,因而可能转向东道国(地区)进行融资。为此,东道国(地区)金融市场也成为影响中国企业对外直接投资的一个重要因素。从金融发展对企业对外直接投资的影响机制来说,缓解企业融资约束进而提升海外投资的可能性和规模是最直接的渠道,因此,本书聚焦融资约束视角,深入探讨金融发展如何影响中国企业的对外直接投资行为。

考虑到跨国企业面临外部融资环境的差异性,本书分别研究了中国金融发展、东道国(地区)金融发展以及两者交互作用对中国企业对外直接投资决策和规模产生的影响。本书一方面从理论上明晰了金融发展对中国企业对外直接投资的融资约束缓解机制,另一方面结合微观和宏观双层结构数据,利用适合的计量模型,通过经验分析检验金融发展、企业融资约束与中国企业对外直接投资三者之间的关系。本书旨在系统评估双边金融发展影响中国企业对外直接投资的宏观效应以及微观机制,也希望为引导企业"走出去"、推动中国经济高质量发展和产业经济转型提供有益的借鉴。

本书内容共七章,其内容简要介绍如下。第一章为导论,这一部分介绍了本书选题的背景、研究意义、主要的研究内容和研究方法,并讨论在研究中的创新性尝试以及可能遇到的难点。第二章系统介绍了金融发展和企业对外直接投资的理论以及国内外相关文献,总结现有研究的不足并确定研究本书的切入点。第三章为理论与机制分析。我们构建了理论分析框架,探讨了金融发展对企业对外直接投资的融资约束缓解机制。在理论模型的基础上,我们归纳了金融发展对中国企业对外直接投资的影响机制。基于理论和机制分析结论,本书结合了国家和企业双层结构数据,利用经验分析探讨了金融发展对中国企业对外直接投资的作用机制。考虑到跨国企业面临外部融资环境的差异性,这一部分包括本书的第四章至第六章,分别研究了中国金融市场发展、东道国(地区)金融市场发展以及两者的交互作用对中国企业对外直接投资决策和规模的影响。最后一章综述了金融发展对中国企业对外直接投资影响的主要结论和政策建议。

对外直接投资为中国经济的高质量发展提供了持久的动力,企业作为经济发展的微观主体,是宏观经济增长的基础。良好的外部融资环境不仅能够缓解企业的融资约束,也能够提升资金的利用效率,带动整体经济发展,为企业带来更大的市场收益。因此本书从企业融资约束的角度出发,分析了双边金融发展对中国企业对外直接投资的影响机制,这也将丰富企业对外直接投资的理论和经验研究。

最后,本书的出版感谢"上海高校青年教师培养资助计划"的资助。

葛璐澜

2024 年 3 月

第三节　经验分析结果 …………………………………………… 74
　　第四节　小结 ……………………………………………………… 89

第五章　东道国(地区)金融发展、融资约束与中国企业对外直接投资 …… 91
　　第一节　引言 ……………………………………………………… 91
　　第二节　模型设定及数据说明 …………………………………… 92
　　第三节　经验结果分析 …………………………………………… 104
　　第四节　小结 ……………………………………………………… 113

第六章　双边金融发展与中国对外直接投资 ……………………………… 115
　　第一节　引言 ……………………………………………………… 115
　　第二节　模型设定及数据说明 …………………………………… 116
　　第三节　基准检验结果分析 ……………………………………… 124
　　第四节　进一步分析 ……………………………………………… 127
　　第五节　小结 ……………………………………………………… 136

第七章　主要结论与政策建议 ……………………………………………… 139
　　第一节　主要结论 ………………………………………………… 139
　　第二节　政策建议 ………………………………………………… 144

参考文献 …………………………………………………………………… 150

目 录

第一章 导 论 ··· 1
 第一节 研究背景及意义 ·· 1
 第二节 研究内容与结构安排 ·· 9
 第三节 研究方法和难点 ·· 15
 第四节 可能的创新点 ·· 18

第二章 关于金融发展和对外直接投资的研究综述 ······························· 21
 第一节 对外直接投资理论 ·· 21
 第二节 金融发展与中国对外直接投资 ···································· 30
 第三节 融资约束与中国对外直接投资 ···································· 36
 第四节 小结 ·· 40

第三章 金融发展与对外直接投资：理论与影响机制 ····························· 42
 第一节 异质性企业对外直接投资理论框架 ································ 42
 第二节 金融发展对企业对外直接投资影响的理论分析 ····················· 48
 第三节 金融发展对中国企业对外直接投资的影响机制分析 ················· 54
 第四节 小结 ·· 58

第四章 中国金融发展、融资约束与中国企业对外直接投资 ······················ 60
 第一节 引言 ·· 60
 第二节 模型设定及数据说明 ·· 62

第一章 导 论

第一节 研究背景及意义

一、研究背景

改革开放以来,中国经济高速发展,中国企业积极参与国际分工,在国际市场中的地位也逐步提升。2000年,党的十五届五中全会提出"走出去"战略,鼓励中国企业进行对外投资和跨国经营。发展对外直接投资,不仅拓宽了企业的发展空间,有助于企业在全球范围内进行资源配置,也为中国经济发展提供了持续的动力。图1-1列出了2003—2022年间中国对外直接投资(Outward Foreign Direct Investment)的流量和存量。可以看出,2003年以来,中国对外直接投资规模不断扩大,2015年,中国对外直接投资更是超过了同期吸收的外资额,首次实现了资本的净输出[①]。近年来,西方国家对直接投资的审核标准在不断提高,政府监管制度也在不断加强,这一现象导致了2017—2019年中国对外直接投资流量连续两年出现下滑,但中国对外直接投资总存量仍在一直攀升。2020—2021年期间,随着世界经济复苏,中国对外直接投资出现了强势反弹。根据联合国贸易和发展会议(United Nations Conference on Trade and

---

① 数据来源:《2015年对外直接投资统计公报》。

Development, UNCTAD）数据显示，中国对外直接投资流量占全球对外直接投资流量的比重从2003年的0.54%跃升至2020年的峰值20.2%，增长了37.4倍。商务部于2023年9月发布了《2022年度中国对外直接投资统计公报》，数据指出，截至2022年，中国企业在全球190个国家（地区）参与了对外直接投资，对外直接投资流量达到1631.2亿美元，投资规模仅次于美国，中国蝉联全球第二大直接投资国。

然而我们也注意到，2008年美国金融危机爆发之后，中国对外直接投资的增长速度明显下降（图1-2）。特别是相较于对外直接投资存量，中国对外直接投资流量的下降速度更为明显。根据UNCTAD公布的数据显示，2003—2007年，中国对外直接投资流量平均增速为64.62%，而2008—2022年中国对外直接投资流量平均增速仅为15.14%，下降了49.48%。中国对外直接投资在2008年金融危机之后的增长乏力这一事实在一定程度上说明获得外部融资的难易程度会严重影响中国企业的对外直接投资。

企业作为经济发展的微观主体，是宏观经济增长的基础，因此经济高质量发展的根基在于企业高质量发展。中国企业的对外直接投资为中国的经济发展带来了长足动力。通过参与海外投资，中国企业可以在全球范围内进行资源的有效配置，并以此提升自身生产率、获得更大的市场份额和更高的超额收益率。然而，中国企业的国际化水平仍存在巨大的发展空间。UNCTAD发布的《2022年世界投资报告》显示，2021年全球前100大跨国公司的平均国际化水平为62%，但中国企业联合会、中国企业家协会对外公布的《2021年中国跨国公司100大及跨国指数》表明，2021年中国前100大企业的国际化水平仅为15.07%，这说明中国企业的国际化水平有待进一步提高。由于海外投资项目的投资金额大、周期长，且相较于境内企业，跨国企业面临的投资风险更大。因此，对于跨国企业来说，不仅要克服在本地市场面临的竞争压力，也需要解决在东道国（地区）市场的投资困境，这一系列现象都导致了外部融资环境和企业自身的融资能力与企业的国际化投资行为息息相关。

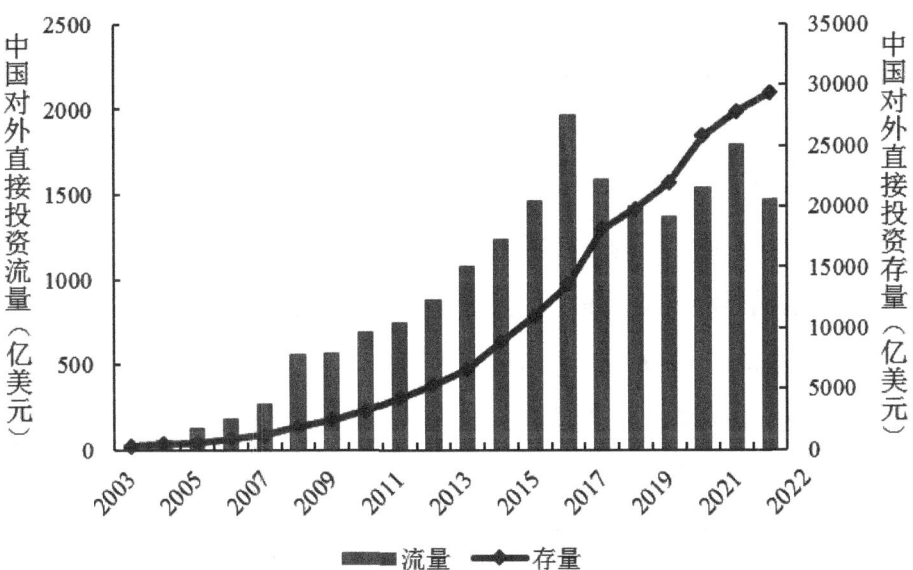

图1-1 中国对外直接投资流量与存量(2003—2022)

数据来源:UNCTAD数据库。

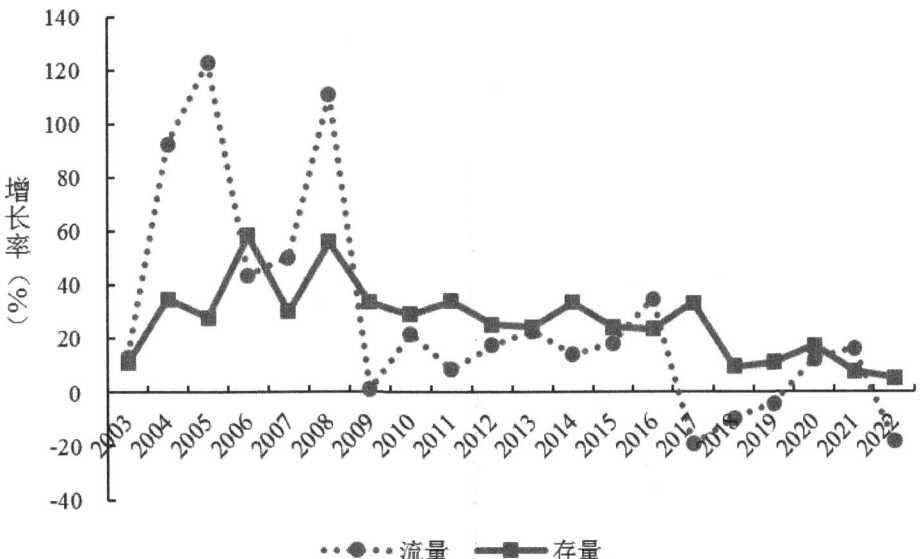

图1-2 中国对外直接投资增长率(2003—2022)

数据来源:UNCTAD数据库。

一般来说,企业融资方式可以分为两种:内源融资和外源融资。其中,按照资金性质,外源融资又可以分为股权融资和债务融资。虽然内源融资的资金成本较低,但企业进行对外直接投资一般需要依靠外源融资,这是因为,企业进行海外投资时要对海外市场进行调研并在东道国(地区)购置厂房设备,需要大量资金支持,而企业的自有现金或者留存收益需要维持日常的生产经营活动,一般无法满足海外项目的资金需求[马诺瓦等(Manova et al.),2015]。图1-3汇报了2006—2019年间中国对外直接投资的资金来源构成。可以看出,平均来说,新增股本和债务工具占了中国对外直接投资资金来源的65%,而仅有35%资金来自当期收益再投资。这一现象意味着中国企业的留存收益并不足以支撑海外投资的资金需求,中国跨国企业需要依赖外部融资来获取足够的资金支持。

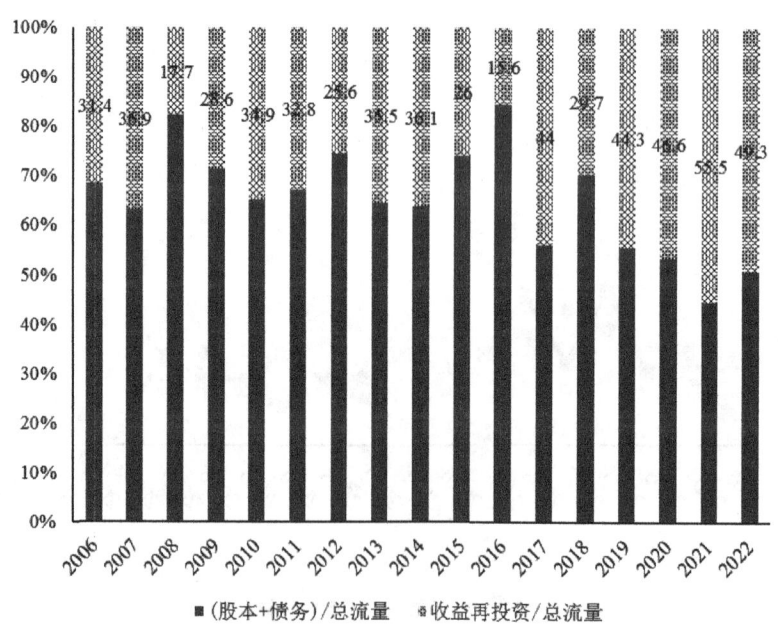

图1-3 中国对外直接投资资金来源(2006—2022)

数据来源:《2022年度中国对外直接投资统计公报》。

对于跨国企业来说，他们面临中国和东道国（地区）两个外部融资环境。首先，企业会选择在中国进行融资。这是因为，相较于东道国（地区）市场，中国金融市场的融资成本较低。近年来，中国的金融市场发展迅速，金融改革不断推进，企业面临的外部融资环境也在逐步改善。1993年国务院公布的《关于金融体制改革的决定》确定了社会主义市场经济金融体系的改革目标。1994年国务院进一步出台一系列金融改革措施，引导市场经济从财政主导型向金融主导型转变。在此之后，中国金融市场规模在不断扩大，广义货币（M2）占名义GDP的比重从1994年的0.96上升至2023年的2.32，金融机构人民币存贷款余额占名义GDP的比例在1994年为1.65，2023年上升至4.14[①]，增长幅度高达250%。另外，金融机构的数量也在不断上升，截至2019年，全国银行业金融机构数目达到4595家，从业人员达到393.5万人[②]。由此可见，中国金融市场规模正在不断扩大，融资环境也在不断改善，然而这并不意味着中国的企业不会面临融资约束。一方面，中国的银行体系对国有企业的政策倾斜力度较大，民营企业，尤其是中小民营企业普遍面临着"融资难""融资贵"的困境。另一方面，相较于发达国家而言，中国的金融市场发展并不完善，金融产品不够丰富，资本市场发展相对滞后，难以满足企业多样化的融资需求。所以需要有研究从中国金融市场角度出发，考察如何有效推进金融市场化改革，从而让金融体系的构建能够更好地带动中国企业"走出去"。

其次，虽然中国的跨国企业会优先选择在中国进行融资，但国内金融市场发展不足被认为是制约中国企业对外直接投资的一个重要因素（沈红波等，2010），因此，中国企业有可能会转而在东道国（地区）进行融资。由此可见，东道国（地区）金融市场也可能是影响中国企业海外投资的一个重要因素。一方面，东道国（地区）较为完善的金融系统可以增加跨国企业在东道国（地区）当地获得外部融资的可能性，并降低企业的融资成本。同时，完善的金融市场也

---

① 笔者根据中经网统计数据库计算得到。
② 数据来源：CSMAR国泰君安数据库。

可以提高资源配置效率,助力企业优化投资决策。另一方面,东道国(地区)金融发展能够带动经济发展,从而为跨国企业提供良好的经营环境。另外,稳定发展的经济环境意味着不断增长的市场规模和市场潜力,投资者的收益因此能够得到有效保障,外国投资者也更愿意进入东道国(地区)市场进行投资。由此可见,东道国(地区)金融环境的变化不仅会关系着中国企业融资的难易程度,也会影响中国企业海外投资的市场优势,是影响中国企业投资决策的重要因素。

从金融发展与企业对外直接投资的影响渠道来说,金融发展水平的提高可以缓解企业融资约束,进而拉动对外直接投资额的上升。另外,金融体系的完善不仅意味着金融规模的扩大和融资能力的提升,也意味着金融结构的改善和金融效率的提升。金融结构的改善和金融效率的提升可以优化社会资源配置,让企业能够在外部融资环境不变的情况下提升资金的使用效率,进而对企业的国际投资行为产生正向影响。

鉴于上述分析,本书从中国和东道国(地区)两个角度切入,从金融规模、结构、效率等维度考察金融发展对中国企业对外直接投资的融资缓解机制,主要研究内容包括以下几点。第一,基于企业异质性框架,本书梳理了融资约束对企业对外直接投资的影响机制,构建理论模型探讨了金融发展的作用。理论分析指出,企业进入海外市场面临着生产率门槛,而企业面临的融资约束会通过提高海外市场的生产率门槛来降低企业对外直接投资的可能性,金融市场的发展可以通过提高可抵押品的价值、扩大信贷市场规模等途径缓解企业融资约束从而促进企业对外直接投资,也会通过提高本地市场竞争来抑制直接投资的流入。第二,本书分析了金融发展对中国企业对外直接投资的影响途径。具体而言,金融发展可以通过降低企业融资成本、优化资源配置效率等直接效应缓解企业的融资约束,从而促进企业进行对外直接投资。同时,金融发展也可以通过提高海外市场规模、促进企业创新、提升企业全要素生产率等间接效应帮助企业进入国际市场。第三,在理论模型和机制分析的基础上,本书利用微观企业数据,构建计量模型检验了中国与东道国(地区)双边金融发展、融资约束和中国企业对外直接投资三者之间的关系。本书将中国金融发展解构为金融发展规模、金融深化和金融效率三个维度,同时将东道国(地区)金融发展分解为银行主导型的金融规模发展和市场主导的金融结构改善两个指标,通过引入金融发展和融资约束的交互乘积项系统评估了金融发展的融资约束缓解效应。第四,在微观数据经验分析的基础上,本书基于国家层面数据对双边金融发展的宏观调控作用进行再检验,并利用分位数模型考察了东道国(地区)金融发展对中国对外直接投资影响机制的动态演化途径。

二、研究意义

(一)理论意义

从理论上来说,本书的研究是对异质性企业国际直接投资理论和金融发展理论的一个有益补充。首先,现有对外直接投资理论大多关注发达国家企业,而对发展中国家的关注度较低。与发达国家的跨国企业相比,中国企业显然缺乏技术、管理、品牌、资金等方面的垄断优势,但中国企业能够在激烈的国际竞争中力争上游,毫无疑问依靠的是自身独特的竞争优势。本书立足于中国企业特征,考察了中国企业的对外直接投资行为,这一研究在一定程度上验证了发达国家对外直接投资理论对发展中国家的适用性和合理性,同时也丰富了针对发展中国家对外直接投资的相关研究。

其次,异质性企业国际直接理论假定企业的异质性来自于全要素生产率的差异,但事实上,企业的异质性还来自企业规模、融资能力、战略定位等因素的差异。基于赫尔普曼等(Helpman et al.,2004)和钱尼(Chaney,2006)的理论分析框架,本书从企业融资能力异质性的角度出发,证实了跨国企业在进行对外直接投资时不仅会面临全要素生产率门槛,也会面临融资能力门槛,这是对异质性企业国际直接投资理论的有力补充。

最后,基于比利尔等(Bilir et al.,2019)的分析框架,本书从融资约束的角度考察了东道国(地区)金融发展水平对其吸收直接投资的影响机制。本书通过构建理论模型进行分析,研究指出东道国(地区)金融发展会通过竞争效应和融资效应两种渠道影响中国企业对其的直接投资规模,而且两种效应的作用相反,这是对金融发展理论的进一步拓展。同时,本书将宏观金融发展与微观企业融资约束相结合,讨论了企业的国际投资决策问题,这一研究结果对宏观金融调控和微观企业决策都有一定的借鉴意义。

(二)现实意义

2003年以来,中国对外直接投资在全球市场的份额迅速提升,同时伴随着"一带一路"倡议对海外投资的支持,中国企业对外直接投资的成败无疑是学术研究关注的重点。本书的研究首先从中国金融市场角度出发,论述了金融发展对中国企业对外直接投资的重要性。金融市场的改革一方面表现为金融规模的扩大,进而改善企业的外部融资环境,最终提升企业的融资能力;另一方面也表现为金融结构的改善和金融系统运行效率的提升,拓展企业融资渠道,优化资源配置效率。由此,本书探究了金融规模、金融深化以及金融效率对中国企业对外直接投资的影响,本书的研究为推进金融市场化改革、协调金融规模和效率平衡发展提供了经验支持。

其次,我们注意到现有研究大多从中国金融市场角度切入,考察了金融发展对企业对外直接投资行为的影响,而忽略了东道国(地区)金融市场的影响。事实上,2017年,72%的中国跨境并购交易通过选择在境外进行融资[①],这预示着东道国(地区)金融发展与中国企业对外直接投资也有着密切的关系,由此也凸显了从东道国(地区)角度分析融资环境如何影响中国企业的对外直接投资这一议题的重要性。如果我们能够深入了解东道国(地区)金融环境如何影响中国对外直接投资,这一研究将帮助中国企业提高在东道国(地区)进行

---

① 数据来源:《2017年度中国对外直接投资统计公报》。

融资的可能性并降低融资成本,同时也能够引导中国企业进行更加合理高效的海外投资。

最后,我们发现中国企业的对外直接投资行为并不是一成不变的。在对外直接投资的起步阶段,中国企业的投资集中于亚洲、非洲、拉丁美洲等地区;近年来,随着中国企业逐渐从"微笑曲线"的底端向全球价值链的上游攀升,投向欧洲、美洲的直接投资额开始逐步上升[德雷格(Dreger)等,2017]。现有大多数经验研究样本时间较早,且无法很好地体现出金融发展与中国对外直接投资之间的动态关系。为此,本书采用最新的数据,研究金融因素与中国对外直接投资之间的动态关系。本书的研究对于推动中国产业转型和升级、稳步提升中国企业全球影响力也有着重要的现实意义。

第二节 研究内容与结构安排

一、研究内容

改革开放 40 多年来,中国经济实现了高速发展,对外开放已成为中国的基本国策。政策牵引方面,更大范围、更宽领域、更深层次的开放格局一直是党中央重要关切的政策方向。党的十八大报告指出"全面提高开放型经济水平",党的十九大报告提出"推动形成全面开放新格局"的目标,党的二十大报告亦是强调了"推进高水平对外开放"的经济愿景。在开放的过程中,跨国企业主导的对外直接投资是深度参与国际分工的重要路径。然而,融资约束是掣肘中国企业对外直接投资的首要障碍。现有研究表明企业面临的融资约束会其降低海外投资的可能性和规模,这凸显了分析外部金融环境如何影响中国企业海外投资这一议题的重要性。因此,本书在现有研究的基础上综合考虑了中国和东道国(地区)双边金融发展水平和企业自身的融资能力,全面深入地考察企业面临外部的融资环境如何影响中国企业的对外直接投资决策和投资规模。具体而言,本书试图回答以下几个问题。

第一,本书试图从理论上分析企业的融资异质性如何影响企业的对外直接投资决策。现有异质性企业国际投资理论主要从企业的生产率异质性角度切入,认为企业进入海外市场存在生产率门槛:生产率最高的企业能够进入东道国(地区)市场进行直接投资;生产率次之的企业无法进行对外直接投资,但可以参与国际贸易;生产率最低的企业只能选择在国内市场进行生产和销售。但遗憾的是,即使跨国企业的生产率达到海外投资的最低生产率要求,还是可能因为没有足够的资金支持而无法在海外市场设立工厂,也无法获得海外投资收益[布赫(Buch)等,2010]。由此可见,企业在进行海外投资时不仅面临生产率门槛,还面临着融资能力门槛。出于这一考量,本书将在现有理论研究的基础上进一步分析企业的融资能力异质性对企业对外直接投资行为的影响机制。

第二,本书试图厘清中国金融市场发展如何影响本国企业的对外直接投资行为。虽然中国金融市场的改革进程在不断推进,金融规模也在不断扩大,但这并不意味着中国企业不面临融资约束问题。事实上,大部分企业,尤其是中小企业,面临着严重的融资约束问题,这制约了中国企业的海外发展。因为企业会优先选择从本国金融机构获取资金支持,本书首先分析中国金融发展与中国企业对外直接投资的之间关系。在考虑企业融资异质性的基础上,本书将从金融发展规模、金融深化和金融效率三个维度厘清中国金融发展对中国企业对外直接投资决策的影响机制。另外,本书的经验研究还将考察这一影响机制是否会因为企业所在行业的要素结构、企业对外直接投资动因等方面的异质性而发生改变。

第三,本书将分析东道国(地区)金融环境如何影响中国企业的对外直接投资行为。目前关注金融发展与企业对外直接投资的研究中,大多文献只考虑了中国金融环境的影响,而忽略了东道国(地区)融资环境的影响。但东道国(地区)的金融市场可以弥补企业无法在中国进行融资的缺陷,也可能深刻影响着企业的国际化进程。对于中国的跨国企业来说,如果能够成功在东道国(地区)

获取资金支持,进行海外投资的可能性会大幅提升。有鉴于此,本书将构建理论模型分析东道国(地区)金融发展对中国对外直接投资的影响机制,并利用微观企业数据进行经验研究,验证理论机制的有效性。

第四,本书将探索双边金融发展是否对中国对外直接投资起到了宏观调控作用,且这一调控作用是否会因为中国对外直接投资发展阶段的变迁而改变。尽管已有不少研究对中国对外直接投资区位选择的影响因素展开讨论,但这些研究对融资环境这一因素的关注度不足。即使在少数讨论外部融资环境与中国对外直接投资的文献中,研究结论也并不一致。为此,本书将中国和东道国(地区)金融发展纳入统一的分析框架中,综合考察双边金融发展对中国对外直接投资的宏观调控作用,并分析上述作用机制的动态演化路径。

综上,本书在综合国内外现有文献和理论研究的基础上,基于金融发展和对外直接投资理论,形成了本书的选题和研究框架。

首先,基于异质性企业国际直接投资理论分析框架,本书引入融资约束条件,探讨双边金融发展对中国对外直接投资的作用机制。在理论分析的基础上,本书从直接效应和间接效应两个方面梳理金融发展对中国企业对外直接投资的影响机制。其次,在理论和机制分析的基础上,本书采用企业层面微观数据和省份/国家层面宏观数据,通过构建交互作用模型分析中国和东道国(地区)金融发展对中国企业对外直接投资的融资约束缓解机制。再次,本书基于国家层面宏观数据检验双边金融发展的宏观调控作用,并通过分位数回归模型进一步探讨东道国(地区)融资环境对中国对外直接投资影响的演化途径。最后,根据本书的研究结论,本书提出相应的政策建议。

二、全书结构安排

根据上述研究内容和研究思路,本书的内容分为七章,具体结构安排如下。

第一章为导论。这一部分介绍了本书选题的背景、研究意义、主要的研究内容和研究方法,并讨论在研究中的创新性尝试以及可能遇到的难点。对外直接投资为中国经济的高质量发展提供了持久的动力,企业作为经济发展的微观主体,是宏观经济增长的基础。然而我们观察到,对外直接投资企业普遍面临较严重的融资约束问题,融资约束成为制约中国企业国际化进程的一个重要因素。良好的外部融资环境不仅能够缓解企业的融资约束,也能够提升资金的利用效率,带动整体经济发展,为企业带来更大的市场收益,因此本书从企业融资约束的角度出发,分析了双边金融发展对中国企业对外直接投资的影响机制,这也将丰富企业对外直接投资的理论和经验研究。

第二章为文献综述。这一部分回顾了金融发展和对外直接投资的相关文献,总结现有研究的不足并确定本书研究的切入点。首先,我们梳理了对外直接投资理论。传统的对外直接投资理论从国家和行业层面解释了企业的国际投资行为,新兴市场直接投资理论则立足于发展中国家跨国企业的独特竞争优势,解释了新兴市场国家海外投资的崛起现象。基于新新贸易理论衍生出的异质性企业国际直接投资理论和全球产业组织理论则从微观层面探讨了企业的国际投资决策问题。在梳理相关理论文献的基础上,这一部分还回顾了国内外关于金融发展、融资约束和对外直接投资的相关文献,并在此基础上对现有文献进行评述,确定本书研究的切入点。

第三章为理论模型和机制分析。金融发展一直是理论层面影响企业国际化水平的重要因素。在这一部分的研究内容中,我们结合赫尔普曼等(2004)和钱尼(2016)的理论框架,构建理论模型分析了企业面临的融资约束与其国际化进程之间的关系。理论分析指出,企业面临的融资约束会提高其进入东道国(地区)市场的生产率门槛,从而抑制企业的对外直接投资。这一部分进一步探讨了双边金融发展的融资约束纾解机制。研究结论指出,母国金融市场的发展可以通过提高企业可抵押品的价值和减少面临融资约束企业的数量从而降低企业的融资约束,促进企业进行对外直接投资;东道国(地区)金融市场的发展则会通过竞争效应和融资效应两种途径影响其吸收的直接投资额,但两种效应的作用效果相反。在理论分析的基础上,第三章进一步归纳总结了金融发展对中国对外直接投资的影响机制,指出金融发展可以通过直接效应和间接效应两种途径影响中国企业的对外直接投资。

第四章至第六章为经验研究。在这一部分研究中,本书将结合国家和企业双层结构数据验证第三章理论机制对中国企业对外直接投资的适用性。三个章节分别研究了中国金融市场发展、东道国(地区)金融市场发展以及两者的交互作用对中国企业对外直接投资决策和规模的影响。具体来说,第四章在金融深化背景下分析了中国企业融资约束对其海外投资决策的影响,并进一步引入各省份金融发展指标和企业融资约束的交互乘积项来捕捉中国金融发展的融资约束缓解作用。在这一章的研究中,我们将《中国工业企业数据库》和商务部公布的《中国境外投资企业(机构)名录》(以下简称《名录》)进行匹配,得到中国对外直接投资企业的微观样本,同时构建 SA 指数衡量企业面临的融资约束水平,从中国金融发展规模(各省份存贷款总额占 GDP 比重)、金融深化(各省份贷款余额占 GDP 比重)、金融效率(各省份存贷款总额与存款余额之比)三个不同维度解构不同省市区的金融发展水平,探究中国金融市场发展对企业对外直接投资决策的影响及相关机制。研究结果表明,第一,融资约束会降低中国企业对外直接投资的可能性,而地区金融市场的发展能够通过提高企业融资能力从而促进其进行对外直接投资。第二,在本书考察的三个维度中,金融效率对中国企业对外直接投资的融资约束缓解作用最为显著,金融规模对中国对外直接投资企业融资约束的影响最小。该部分的研究结果证实了中国金融市场的改革可以通过纾解融资约束从而促进中国企业对外直接投资这一机制的有效性。

第五章分析了东道国(地区)金融发展对中国企业对外直接投资的影响机制。不同于第四章中将企业对外直接投资决策作为被解释变量,从而讨论中国跨国企业投资的广延边际(Extensive Margin)问题,这一章的研究将企业对外直接投资的交易金额作为被解释变量,讨论了中国对外直接投资企业投资的集约边际(Intensive Margin)问题①。基于 Bureau van Dijk（BvD）公司的全球跨境并购数据库 Zephyr（以下简称 Zephyr 数据库）提供的数据,第五章将2003—2021年间373家中国企业在52个东道国(地区)完成的460条交易信息拓展成年份—行业—东道国(地区)面板数据,全面考察了东道国(地区)信贷市场和股票市场发展对具有不同融资依赖度行业的对外直接投资规模的影响。这一章的研究结果指出,东道国(地区)金融发展水平的提高能够显著促进中国企业对其的对外直接投资,并且这一促进机制随着行业融资依赖度的上升而增强,这说明东道国(地区)健全的金融市场和银行体系能够缓解中国企业的融资约束从而促进其进行对外直接投资。这部分的结果一方面验证了东道国(地区)金融市场发展对中国企业海外投资的重要性,另一方面也映射出中国金融市场发展存在不足。

第六章检验了双边金融发展水平的提升对中国企业对外直接投资的宏观调控效应。不同于第四章和第五章从微观视角考察了金融发展对中国企业对外直接投资的融资约束缓解机制,这一章的研究基于国家层面宏观数据进一步检验了中国和东道国(地区)双边金融发展水平对中国对外直接投资的调控引导作用。在这部分研究中,我们采用金融中介和股票市场总规模来衡量东道国(地区)金融发展水平,采用市场流动性和股票市场深度两个指标来衡量中国金融市场发展程度,同时加入东道国(地区)区位特征变量,综合分析了双边金融发展与中国对外直接之间的关系。另外,考虑到金融发展影响的动态性,这一章在固定效应模型的基础上采用了分位数回归方法,考察了金融发展对不同发展阶段中国对外直接投资的影响。研究结果显示,第一,从宏观上说,中国金融市场发展与中国对外直接投资规模之间没有显著联系,而东道国(地区)金融发展水平的提高可以促进中国对其直接投资额的上升。第二,较于高分位数处的中国对外直接投资,东道国(地区)金融发展对低分位数处的中国对外直

---

① 集约边际和广延边际是分析企业海外投资行为的两个角度,集约边际指企业的海外扩张投资行为,而广延边际指企业进入和退出海外市场的动态。

接投资影响更大。这说明在中国对外直接投资发展的早期阶段,中国企业较为关注东道国(地区)的融资环境。随着中国企业国际化进程的加快,企业自身竞争力也在逐步提高,其对外部融资环境的依赖度也随之下降。第三,基于金融中介发展指标和股票市场发展指标的渠道检验结果显示,在跨境投资过程中中国企业对东道国(地区)股票市场的依赖度更大。

最后一章综述了金融发展对中国企业对外直接投资影响的主要结论和政策建议。基于微观数据的研究指出,中国及东道国(地区)金融发展水平的提升均能通过缓解企业的融资约束从而促进其进行对外直接投资。然而,中国金融市场发展对于中国对外直接投资的宏观调控作用并不显著,相反,东道国(地区)金融发展水平的提高能够显著促进中国企业在该国的直接投资额。这一结果表明中国金融市场体系的构建仍需要进一步完善。基于本书的研究结论,笔者建议持续推进金融市场化改革,扩大金融市场规模,完善资本市场体系,改善金融市场结构,提升金融体系运行效率,同时鼓励中小银行发展,放宽金融机构设立标准,增强金融系统活力。同时,笔者建议相关政府部门积极构建多层次的金融合作机制,积极与各国开展经济外交。最后,笔者建议跨国企业自身努力培养核心竞争优势,提升融资能力,同时积极寻找金融资源,拓宽自身融资渠道。

第三节 研究方法和难点

一、研究方法

本书综合理论机制分析和经验研究来探讨双边金融发展对中国企业对外直接投资的融资约束缓解机制。在理论机制分析部分,本书主要基于赫尔普曼等(2004)的异质性企业国际直接投资理论框架,分析了融资约束与企业国际化投资决策之间的关系,并在此基础上推论到金融发展与企业对外直接投资决策的研究。另外,本书在机制分析部分还采用了规范分析法。本书通过整理、搜集和阅读相关文献,梳理金融发展、融资约束和中国对外直接投资的现有研究成果,在总结现有文献的基础上归纳金融发展对中国企业对外直接投资的影响机制。

基于对金融发展、融资约束和企业对外直接投资三者之间关系的理论机制分析结果,本书结合企业层面微观数据检验了中国和东道国(地区)双边金融发展对具有不同融资依赖度企业的对外直接投资促进机制。本书还结合国家层面宏观数据估计了双边金融发展的交互调控作用。在经验分析部分,本书采用了以下研究方法。

第一,交互作用模型。在第四章和第五章的经验研究中,我们主要采用了交互作用模型。得益于交互作用模型,本书能够基于微观企业数据考察双边金融发展对面临不同融资约束企业影响的差异性。具体来说,第四章从中国金融发展的角度出发,加入各省份金融发展与企业融资约束的交互乘积项,分别从金融发展规模、金融深化和金融效率三个维度考察中国金融发展对中国企业对外直接投资的融资约束缓解机制。在第五章的研究内容中,我们从东道国(地区)金融发展角度出发,加入东道国(地区)金融发展和行业外部融资依赖度的交互项,从而探究了东道国(地区)金融发展对不同融资依赖度行业对外直接投资的影响。综合来说,交互作用模型能够帮助我们有效捕捉双边金融发展对中国企业对外直接投资的影响途径,也有助于加深对金融发展影响机制的理解。

第二,基于选择的抽样法(Choice-based Sampling)。现有关于工业企业对外直接投资决策的研究大多采用二元离散选择模型。事实上,我们观测到进行对外直接投资的企业所占比例很低,如果企业对外直接投资时反映投资决策的虚拟变量取1,未进行直接投资时取0,那么样本中会有大量的0值,却只有少量的1值,这会导致样本严重左偏。若我们使用二元离散选择模型,估计得到的结果会存在偏差。为了克服上述问题,本书采用基于选择的抽样法,提高了估计结果的准确性。这一方法已被广泛运用于各个研究领域,例如,利用基于选择的抽样法,西格尔和格林豪斯(Siegel & Greenhouse,1973)评估了患者罹患疾病的概率,普拉特和普拉特(Platt & Platt,2002)探讨了影响企业财务危机的因素,金洪飞和万兰兰(2014)构建了影响银行危机的先行指标体系。

第三,分位数回归模型。现有研究大多利用普通最小二乘回归(Ordinary Least Squares, OLS)探讨金融发展水平与中国对外直接投资之间的关系,但这一均值模型只能分析金融市场对中国对外直接投资整体条件期望的影响,而无法比较金融发展对处于不同发展阶段的中国对外直接投资的影响差异。事实上,中国在不同东道国(地区)的直接投资存在较大差异,例如,中国企业在发展中国家的投资起步较早,投资金额较大;而在发达国家的投资起步较晚,投资金额也较小。中国企业在对外投资的不同发展阶段需要不同的金融服务,这也意味着金融发展对中国对外直接投资的影响可能会随着对外直接投资发展阶段的变迁而改变。出于这一考量,本书将采用分位数回归模型考察东道国(地区)金融发展水平对中国对外直接投资的影响机制。相较于普通最小二乘回归,分位数回归结果能够测算金融发展对处于不同发展阶段中国对外直接投资的影响系数,从而更加全面地刻画金融发展影响中国对外直接投资的演化途径。

二、研究难点

本书旨在探讨金融发展对中国企业对外直接投资的影响机制,具体来说,本书的研究难点主要体现在以下几个方面。

第一,梳理金融发展对中国对外直接投资的影响机制是本研究的难点之一。金融发展如何作用于企业对外直接投资是本研究的理论基础,也是本书后续经验分析的依据,但尚未有研究对金融发展与中国企业对外直接投资之间的联系建立起规范的理论分析框架。同时,虽然大量经验研究表明金融发展会影响中国对外直接投资,但研究结论并不一致。因此,厘清金融发展对中国企业对外直接投资的作用机制,并证明这种理论构建的内在逻辑是本研究的一大难点。

第二，获取企业对外直接投资样本数据是本研究的另一项难点。众所周知，商务部发布的《名录》是目前国内可以获得中国对外直接投资企业名录的唯一渠道。然而，《名录》仅公布了对外直接投资企业的名称，却没有公布企业的财务数据，因而若单单基于《名录》提供的数据，我们无法进行经验分析。现有文献通常做法是将《名录》与《中国工业企业数据库》按照企业名称进行匹配，得到中国企业对外直接投资的样本。但在《中国工业企业数据库》数据统计的过程中，许多企业存在更改企业注册名称的情况，这就导致了企业名称这一变量并不是识别企业的唯一特征变量。如果简单地按照企业名称这一变量进行匹配，可能会导致过多地识别对外直接投资企业，所以我们需要对匹配得到的样本进行手动整理，删去错误样本信息，保证样本的准确性。另外，《中国工业企业数据库》所涉及的企业样本数量达到百万条，这也会让整个数据匹配的过程较为繁杂。

第三，囿于数据的可得性，本书无法对中国企业的对外直接投资行为进行全面深入的分析。《名录》仅公布了对外直接投资企业的名称，但没有给出具体的投资金额，这导致本书只能分析中国企业对外直接投资的决策问题（即是否进行海外投资），但不能分析企业投资的规模问题。另外，商务部公布的数据仅汇报了企业首次投资行为，并没有汇报企业的追加投资行为或者市场退出情况，所以本书只能考察中国企业在海外市场的进入情况，而无法考察企业撤回投资、退出市场等行为，这一系列问题导致了本书的研究结论具有一定的局限性。

第四节 可能的创新点

本书吸收了国际直接投资、融资约束等领域的研究成果，尝试为金融发展与中国企业对外直接投资的联系提供一个较为系统的分析框架，这可能是本书最大的贡献。具体而言，本书可能在以下几个方面有所创新。

第一,从研究方法上,本书拓展了赫尔普曼等(2004)的异质性企业国际直接投资理论,将融资约束条件引入分析框架,构建理论模型分析了企业融资约束异质性和母国外部融资环境对企业国际投资决策的影响。本书基于比利尔等(2019)的分析框架,从融资约束角度考察了东道国(地区)金融发展水平对其吸收直接投资的影响机制,本书的研究为企业对外直接投资研究提供了可行的研究范式。

第二,从研究视角上看,本书综合研究了中国金融发展、东道国(地区)金融发展以及两者交互作用对中国企业对外直接投资决策和规模产生的影响。

首先,现有文献大多考察了中国金融发展对企业出口的影响,而针对金融发展进程如何影响中国企业对外直接投资的研究相对匮乏。根据赫尔普曼等(2004)提出的异质性企业国际直接投资理论,相较于出口贸易,企业进行对外直接投资时需要支付更加高昂的固定成本,跨国企业对外部融资环境的依赖度也更高,因此更有必要对中国金融发展如何影响企业对外直接投资的机制进行深入的研究。本书从融资约束视角出发,识别中国金融发展对中国企业对外直接投资的作用机制,这在一定程度上填补了现有研究的空白。另外,金融市场的发展不仅包括金融规模的扩大,也包括金融结构的改善和效率的提高,现有研究一般讨论前者对融资约束的影响,而忽略了后者的作用。事实上,金融效率也是评估金融发展了另一个重要指标,因此,本书从金融发展规模、金融深化和金融效率三个维度衡量中国金融发展水平,探究金融发展对企业对外直接投资决策的异质性影响,希冀能够得到更加稳健可靠的结论,从而完善金融发展的相关经验研究。

其次,在现有关注金融发展和中国企业对外直接投资的文献研究中,大多从中国金融发展角度出发,仅有少数文献从东道国(地区)角度切入探讨金融发展对中国对外直接投资的影响,且这些文献也大都基于中国对外直接投资的加总数据,并未能实现在微观层面讨论东道国(地区)金融发展的影响机制,本书的研究弥补了这一研究缺憾。基于 Zephyr 数据库提供的中国企业跨境并购交易信息,本书构建了更加细化的行业层面中国对外直接投资样本,深入探讨了东道国(地区)金融发展对中国制造业直接投资的影响以及对不同融资需求和不同要素结构行业影响的差异性,有助于揭示金融发展在推动国际直接投资中的作用。

第三,从研究数据上看,已有研究都是单一地从宏观或者微观视角来分析中国企业的对外直接投资行为,本书采用国家和企业双层结构数据,从融资约束角度出发,探讨了金融发展对中国企业对外直接投资的影响,系统评估双边金融发展影响中国企业对外直接投资的宏观效应以及微观机制,丰富了企业对外直接投资的相关研究结论。

第二章 关于金融发展和对外直接投资的研究综述

本章梳理了对外直接投资和金融发展领域的相关文献,以使读者更加清楚相关研究的脉络和未来走向。具体来说,本章从以下几个方面对现有文献进行评述。首先,第一节回顾了主流的国际直接投资理论,包括传统对外直接投资理论、新兴市场对外直接投资理论和基于企业异质性框架构建的对外直接投资理论。接着,本章的第二节探讨了中国对外直接投资的影响因素以及现有文献针对金融发展与中国对外直接投资关系的相关结论。最后,针对本书研究的核心问题,第三节回顾了针对融资约束与企业对外直接投资的相关研究结论。

第一节 对外直接投资理论

二十世纪五十年代开始,欧美发达国家的跨国企业率先采取通过国际直接投资的方式扩大市场份额。随着各国对外直接投资规模的不断扩大,国际直接投资理论应运而生。传统对外直接投资理论从宏观或者行业视角切入,以企业国际商务实务为分析基础,探讨了企业的开放经济行为。这一类理论主要包括垄断优势理论、内部化理论和国际生产折衷理论等。随着大量来自发达国家的对外直接投资流入发展中国家,发展中国家的经济得以飞速发展,其对外直接投资规模也开始不断扩大。发展中国家直接投资的迅速发展也带动了新兴市场对外直接投资理论的发展。这一类理论主要包括小规模技术理论、技术当地化理论和投资发展周期理论等。随着针对对外直接投资研究的不断深入,融合企业异质性的对外直接投资理论则从微观视角考察了跨国企业的国际直接投资行为。本节内容回顾和总结了现有的对外直接投资理论,并在此基础上对现有理论进行相关评述。

一、传统对外直接投资理论

(一)垄断优势理论

对于国际直接投资的研究主要源于俄林(Ohlin,1933)的贸易理论和古典区位理论。传统的赫克歇尔-俄林(Heckscher-Ohlin)两要素两部门模型指出,要素禀赋的差异是形成国际贸易的主要原因,但这一理论没有考虑企业之间的技术差异,因而无法很好解释由于生产力差异导致的国际直接投资行为。海默(Hymer,1960)提出的垄断优势理论是国际直接投资理论的里程碑,他指出具有垄断优势的企业在面临不完全市场时会选择进行跨国投资。具体来说,市场的不完全性来自于四个方面,一是产品市场的不完全,二是生产要素市场的不完全,三是规模经济导致的市场不完全,四是政府政策导致的市场不完全。企业的竞争优势包括企业在规模经济、产品生产、销售技能方面具有的优势,且这些优势可以转移至东道国(地区)。垄断优势理论认为,在不完全的市场竞争中,具有可转移优势的企业可以通过跨国投资来获得超额利润。金德尔伯格(Kindleberger,1969)进一步补充和完善了海默(1960)提出的垄断优势理论,他的研究指出跨国企业的垄断优势不仅包括市场和生产的垄断优势以及规模经济优势,还包括知识优势、产品差异优势、管理和信息优势、资金优势等。垄断优势理论首次从理论上解释了发达国家跨国企业的对外直接投资行为,但对跨国企业的投资区位选择以发展中国家的跨国投资行为却没有给出很详尽的解释。

(二)内部化理论

在垄断优势理论的基础上,巴克利和卡森(Buckley & Casson,1976)考虑了交易成本对企业国际化投资的影响并提出了内部化理论。根据内部化理论,若市场交易存在交易成本,那么当企业内部的交易成本低于外部交易成本时,跨国企业会选择一体化的组织生产方式克服外部市场缺陷。不同于垄断优势理论,内部化理论将跨国公司的对外直接投资行为视为企业的内部化活动,企业的内部化活动则由行业特定因素、地区特定因素、国家特定因素、企业特定因素四个方面的因素共同决定。具体来说,行业特定因素包括产品特征、市场结构等;地区特定因素指地理位置、文化差异等;国家特定因素包括东道国(地区)市场制度、政治环境等;企业特定优势包括企业的知识技术水平、管理能力、组织结构等。同时,内部化理论指出,市场交易成本和内部化成本的差异来自许多方面。首先,不同行业的产品具有不同的生命周期和生产规模,这会影响市场交易成本和企业内部化生产的成本。其次,不同地区之间的文化习俗的差异、不同东道国(地区)之间政治制度和市场制度的差异以及不同企业之间生产效率和管理能力的差异也会影响内部交易成本的变动。若跨国企业面临较高的交易成本和市场不确定性,企业往往会放弃选择外包或出口,转而选择直接生产实现利润最大化。内部化理论很好地解释了跨国企业的垂直型对外直接投资行为,但也存在一定缺陷,例如,内部化理论无法解释日益增长的跨国并购行为。

(三)国际生产折衷理论

邓宁(Dunning,1988)综合了垄断优势理论和内部化理论,提出了国际生产折衷理论。该理论指出,只有同时具有所有权优势(Ownership Advantage)、内部化优势(Internalization Advantage)和区位特定优势(Location Advantage)的企业才会选择进行对外直接投资;同时具有所有权优势和内部化优势的企业会选择出口,仅具有所有权优势的企业会选择技术授权。

具体来说,企业的所有权优势指垄断优势理论中所提及的跨国企业所具备的优势,包括技术优势、企业规模优势、组织管理能力优势、资金优势等。具有所有权优势的企业可以获得较强的市场竞争力,更容易克服在海外投资过程中所面临的困难和挑战,进而实现国际化生产和运营。内部化优势是指企业可以运用所有权优势,降低或者克服外部市场交易带来的成本。具有内部化优势的企业会采用一体化的方式进行生产,这一思想与内部化理论一脉相承。区位优势主要指东道国(地区)具有的特定要素禀赋,包括东道国(地区)的市场潜力、劳动力禀赋、自然资源禀赋、市场制度质量、政治稳定性、税收优惠政策等。区位优势解释了跨国企业的区位选择行为,即企业选择对哪个国家进行对外直接投资。国际生产折衷理论指出,具有所有权优势和内部化优势的企业可以选择出口贸易或者直接投资,而东道国(地区)的区位优势则进一步构成了企业直接投资的理由。根据国际生产折衷理论,东道国(地区)的区位优势可以帮助提高跨国企业投资的成功率和收益率,促进企业以直接投资而不是出口贸易的方式进入东道国(地区)市场。

然而,国际生产折衷理论也存在一定不足,这一理论仅考虑了东道国(地区)竞争优势对企业投资决策的影响,而忽略了母国基础条件对企业竞争优势的促进作用。在国际生产折衷理论的基础上,裴长洪(2013)提出母国在国民收入水平、服务业发展等方面提供的基础性优势和自身的行业优势、区位优势等特定优势也是构成企业竞争优势的重要组成部分(如图2-1)。

图2-1 对外直接投资企业的优势及其来源

来源:裴长洪.中国海外投资促进体系研究[M].北京:社会科学文献出版社,2013。

二、新兴市场对外直接投资理论

随着发达国家对外直接投资的迅速发展,大量资金流入发展中国家,促进了发展中国家的经济发展,其对外直接投资的规模也开始不断扩大。发展中国家对外直接投资的迅速崛起带动了新兴经济体对外直接投资理论的发展,其中,比较具有代表性的理论包括威尔斯(Wells,1983)提出的小规模技术理论、拉尔(Lall,1983)提出的技术当地化理论和邓宁(1981)提出的投资发展周期理论。

小规模技术理论认为,虽然新兴市场国家的经济发展水平较低、技术并不先进,但较小的生产规模导致来自新兴市场国家的跨国企业生产成本较低,这种较低的生产成本构成了企业的竞争优势,让这些来自发展中国家的企业可以通过对外直接投资参与国际竞争。小规模技术理论完善了对外直接投资理论体系,但仍存在一定缺陷。一方面来说,小规模技术理论无法解释发展中国家向发达国家的逆向投资问题;另一方面,小规模技术理论也无法解释新兴市场国家持续大量的对外直接投资行为。

技术当地化理论对小规模技术理论进行了有力的补充。技术当地化理论指出,发展中国家跨国公司具有特有的竞争优势,因而能够进行持续的对外直接投资。这些竞争优势主要来自企业的创新活动,跨国公司可以通过对开发能力、生产技术、产品质量等要素的创新,形成在特定消费者偏好下以及特定民族文化背景下的比较优势。但遗憾的是,该理论仍无法解释发展中国家对发达国家的直接投资行为。

上述理论均基于静态的视角分析了跨国企业的对外直接投资行为,邓宁(1981)提出的投资发展周期理论则从国家宏观经济发展水平的视角出发,解释了一国对外直接投资规模的动态变化过程。投资发展周期理论指出,企业的国际直接投资行为会随着国家经济发展水平的提升而表现出阶段性特征。投资发展周期理论采用人均 GDP 衡量一国的经济发展水平,一国经济发展水平的提高会带动人均 GDP 的上升,进而决定了该国净对外直接投资额的特征。投资发展周期理论将新兴经济体的国际直接投资发展分为四个阶段。具体来说,第一阶段时,一国的经济发展水平较低,人均 GDP 小于 400 美元,此时该国的外商直接投资和对外直接投资额均较小,该国的对外直接投资的净额为零或者是绝对值很小的负数。第二阶段时,一国的人均 GDP 大于 400 美元但小于 2000 美元,此时该国的外商直接投资规模开始增长,但该国的对外直接投资规模仍然增速缓慢,此时该国的对外直接投资净额小于零。同时,随着该国经济发展水平的提高,该国吸收的外商直接投资额会不断上升,因此,在这一阶段该国的对外直接投资净额绝对值会呈现不断上升的趋势。第三阶段时,一国的人均 GDP 介于 2000—4750 美元,此时该国的对外直接投资规模不断扩大,该国的对外直接投资净额仍小于零但绝对值会不断减小。若一国的人均 GDP 大于 4750 美元,则该国的对外直接投资发展水平位于投资发展周期理论的第四阶段,此时该国的对外直接投资额超过外商直接投资额,其对外直接投资净额大于零且不断增长。随后,邓宁(1998)进一步补充了投资发展周期理论。研究指出,随着经济发展水平的提高,新兴市场国际直接投资会在第四阶段之后进入第五阶段,处于这一阶段的国家的直接投资净额会围绕零值上下波动。

投资发展周期理论将经济体的外资流入和流出纳入统一的分析框架,对新兴市场国家的对外直接投资有着较强的解释力。

三、企业异质性和对外直接投资

随着对外直接投资的不断发展以及企业层面数据的不断完善,对外直接投资理论也进入了新的发展阶段,比较具有代表性的理论为梅利兹(Melitz,2003)提出的垄断竞争模型。梅利兹将企业异质性融入国际贸易的垄断竞争模型中,并将企业国际化理论从产业层面拓展至微观企业层面,开创了新新贸易理论(New-New Trade Theory)。新新贸易理论模型具有较强的拓展性,由此衍生出两类基于企业异质性分析框架的对外直接投资理论,一类是异质性企业对外直接投资理论,另一类则是全球产业组织理论。

(一)异质性企业国际直接投资理论

梅利兹(2003)在克鲁格曼(Krugman,1980)的垄断竞争贸易模型基础上考虑了企业的生产率异质性,提出了"新新贸易理论",从微观层面分析了企业的国际贸易行为。该理论指出,企业在进行生产活动时会面临固定成本,同时,参与出口贸易活动的固定成本大于仅在国内生产的固定成本。具有不同生产效率的企业在面临是否进行国内生产以及是否出口时会产生差异化的选择,生产率较高的企业能够克服更高的固定成本进而选择进入国际市场进行出口销售,而生产率较低的企业则只能在本国进行生产销售。然而,该理论并未涉及一国企业的对外直接投资选择问题。

赫尔普曼等(2004)拓展了梅利兹(2003)的"新新贸易理论",将企业的国际化进程延展至企业的对外直接投资,解释了企业的水平型对外直接投资行为。赫尔普曼等(2004)指出,企业进行对外直接投资所需要支付的固定成本高于企业出口贸易的固定成本,所以只有生产率最高的企业才能进行对外直接投资,在东道国(地区)设立厂房并进行销售;生产率居中的企业可以参与国际贸易活动,但无法通过对外直接投资获得利润;生产率最低的企业不会采取任何国际化投资而会选择仅在本国进行生产销售。

一系列文献也通过经验分析检验了赫尔普曼等(2004)的异质性企业国际直接投资理论。例如,利用1987—1997年间美国企业数据,伯纳德和詹森(Bernard & Jensen,2007)研究发现跨国公司的生产率更高,而本国企业的生产率较低。迈尔和奥塔维亚诺(Mayer & Ottaviano,2008)基于生产率异质性研究了欧盟企业的投资行为,他们的研究结论也验证了赫尔普曼等(2004)的观点,即出口企业和直接投资企业的生产率较国内企业更高。基于发展中国家(地区)数据的经验分析也证实了赫尔普曼等(2004)的理论。通过构建三地区垄断竞争模型,奥和李(Aw & Lee,2008)的研究指出企业的投资决策由投资项目的固定成本和自身生产率共同决定。利用2005—2007年中国企业对外直接投资数据,蒋冠宏(2015)指出中国企业的投资决策表现出了与异质性企业国家直接投资理论不一致的特征。研究指出,投资于发达国家的中国企业的生产率可能比投资于中低收入国家企业的生产率低。由此可见,中国企业的对外直接投资行为表现出了一定的差异性。

(二)全球产业组织理论

赫尔普曼等(2004)从企业生产率异质性角度解释了跨国企业的水平型对外直接投资行为,然而越来越多的证据表明,跨国企业的对外直接投资行为不单单表现为水平型,而会呈现更为复杂的组织形式。例如,范伯格和基恩(Feinberg & Keane,2006)的研究表明,美国的跨国企业中仅有12%的跨国公司采用了水平型对外直接投资,19%的跨国公司采用了垂直型的对外直接投资,而69%的跨国企业的对外直接投资既不属于水平型,也不属于垂直型。同时,生产效率的差异也并非决定企业对外直接投资的唯一因素。利用1070家大型跨国企业数据,黑德和里斯(Head & Ries,2003)的研究指出垂直型对外直接投资的企业可能并非生产率最高的企业,东道国(地区)的交易成本优势可以帮助跨国企业克服生产率门槛从而实现在东道国（地区）进行直接投资。利用 2003—2012 年中国企业海外并购数据，洪联英等（2015）的研究指出，企业的生产率水平、行业资本密集度、交易成本均会影响中国企业海外并购的组织控制方式。由此可见，赫尔普曼等（2004）提出的对外直接投资理论存在一定的缺陷。在这一背景下，全球产业组织理论在企业异质性对外直接投资理论的基础上加入了格罗斯曼和哈特（Grossman & Hart,1986）以及哈特和摩尔（Hart & Moore,1990）提出的产业组织理论，将国际贸易、对外直接投资和企业的外包（Outsouring）行为纳入统一的分析框架，对异质性国际直接投资理论进行了有力的拓展，进一步丰富了跨国企业的国际直接投资理论体系。

首先，安特拉斯（Antràs,2003）将不完全信息契约产权理论引入赫尔普曼－克鲁格曼提出的垄断竞争国际贸易理论模型，从理论上明晰了跨国企业边界和企业间贸易模式的形成机理。这一理论指出，当企业的资本密集度小于某一临界值时，企业会选择外包的生产方式，否则企业会选择一体化的生产方式。同时，两国的企业间的贸易量也由行业的资本密集度决定。

其次，安特拉斯和赫尔普曼（2004）拓展了安特拉斯（2003）的理论模型，将行业的契约依赖密度和企业生产率的异质性特征进行融合，构建了企业选择组织形式的一般均衡模型。该理论指出，企业的国际化投资决策问题可以分为两个方面，一方面是跨国企业对生产方式的决策问题，即选择外包还是一体化生产、在国内还是国外生产；另一方面是跨国企业对组织方式的决策问题，即企业是否自己拥有加工企业的所有权。根据该理论，企业的国际投资决策问题不仅取决于自身的生产率水平，也取决于行业的资本密集度、东道国（地区）的工资水平、交易成本等其他因素。

四、理论评述

上述理论从不同角度探讨了对外直接投资的影响因素，在不同程度上解释了各种特征的国际资本流动现象，也为企业国际化行为的研究奠定了理论基础。传统对外直接投资理论从国家和行业层面分析了企业对外直接投资的宏观影响因素。其中,垄断优势理论明确了跨国企业自身具备的特定优势对企业对外直接投资行为的重要影响。内部化理论则从跨国企业投资动机出发,指出内部交易成本是企业直接投资的主要动因。国际生产折衷理论将垄断优势理论与内部化理论进行结合,同时考虑了企业投资的区位选择,具有较强的实用性。不同于传统的对外直接投资理论,新兴市场对外直接投资理论则重点关注发展中国家的特定优势,对新兴市场国家的直接投资具有很好的解释力。基于"新新贸易理论"衍生出的异质性企业国际投资理论和全球产业组织理论则从微观企业层面解释了企业的国际投资决策行为,是对上述理论的进一步丰富和完善。总结来说,这些理论丰富了针对企业对外直接投资问题的相关研究,为进一步的经验分析提供了坚实的理论基础。

但不可否认的是,上述理论仍存在一定不足。例如,垄断优势理论没有解释跨国企业的区位选择问题,内部化理论无法解释企业的跨境并购行为,国际生产折衷理论则无法解释发展中国家的海外投资行为。投资发展周期理论解释了发展中国家的直接投资现象,但单纯使用人均GDP来作为判断标准过于简单粗糙。基于企业的生产率异质性分析构建的对外直接投资理论讨论了跨国企业的投资行为,但忽略了企业在融资能力、生产规模、所有制结构等方面的异质性,仍存在改进空间。另外,上述理论对中国企业的对外直接投资行为也缺乏很好的解释力。因此,本书将立足中国视角,探讨融资约束异质性和融资环境对中国企业对外直接投资行为的影响。

第二节　金融发展与中国对外直接投资

随着跨境资本流动规模的不断扩大,一系列文献探讨了对外直接投资的影响因素,本节首先总结了对外直接投资影响因素,并在此基础上着重考察金融发展对对外直接投资的影响机制。

一、对外直接投资的影响因素

影响企业对外直接投资的因素众多,首先,企业自身的竞争优势是影响企业海外投资决策的重要因素。戈德斯坦和拉赞(Goldstein & Razin,2006)指出,相较于本国企业而言,跨国企业对海外投资项目有更大的信息优势,对海外市场更加了解,因而能够更加适应国际市场。莫迪等(Mody et al.,2003)则指出,相较于东道国(地区)当地企业而言,跨国企业在技术知识、产品管理、品牌竞争方面具有更加专业化的知识,因而能够克服东道国(地区)市场的进入门槛,成功完成对外直接投资。

根据邓宁(1988)的国际生产折衷理论,东道国(地区)的区位优势也是影响企业海外投资的重要因素。基于发达国家的研究结果指出,良好的双边贸易关系、东道国(地区)丰富的自然资源禀赋、完善的市场制度环境等都组成了东道国(地区)的区位优势,吸引着跨国企业在东道国(地区)进行直接投资。首先,双边贸易联结的紧密程度是影响对外直接投资的重要因素。这是因为企业国际化的过程是一个在距离上由近及远、在形式上从简单到复杂的过程[约翰逊和瓦尔内(Johanson & Vahlne),2009],一般来说,公司会在进行对外直接投资之前选择出口到东道国(地区)。出口经验可以帮助企业获取海外投资的知识,促进企业进行国际直接投资[罗等(Luo et al.),2010]。利用1997—2008年比利时企业的微观数据,孔科尼等(Conconi et al.,2016)的研究证实了这一观点。同时,通过构建理论模型,黑德和里斯(2008)明晰了一国对外直接投资量与双边的贸易规模成正比的理论机制。

其次,东道国(地区)丰富的资源禀赋是吸引外国投资者的重要因素。企业选择跨境投资的主要目的是寻求利润。巴尼(Barney,2001)指出,企业的海外扩张行为是企业利用已有资源在海外市场寻租的结果。他指出,通过海外扩张,跨国企业能够实现规模经济和生产的合理化,因此,寻求资源是跨国企业投资的主要动机。阿列克辛斯卡和哈夫利奇克(Aleksynska & Havrylchyk,2013)的研究也指出,对外直接投资倾向于流入自然资源较为丰富的国家。张和钱（Cheung & Qian,2009）以及阿米吉尼等（Amighini et al.,2013）的研究结论均证实了东道国（地区）丰富的自然资源禀赋能够吸引对外直接投资这一论点。

另外，东道国（地区）税收政策和制度环境也会影响企业的海外投资行为。惠津加和沃盖特（Huizinga & Voget,2009）的研究指出本国较高的税率会降低企业对外直接投资的可能性，同时也会降低外商直接投资的可能性。另一方面，卡夫（Caves,1996）则认为本国的高税率会提高本国企业进行对外直接投资的概率。从东道国（地区）制度因素来说，格洛伯曼和夏皮罗（Globerman & Shapiro,2002）指出良好的政府治理环境可以帮助吸收外资流入，且相较于制度水平较高的国家，政府治理能力的改善能够更加明显促进外资流入制度水平较低的国家。具体来说，规范的制度设计可以减少交易过程中的不确定性，从而降低交易费用并吸引潜在投资［梅尔（Meyer）,2001］；较高的法制保护水平会降低资产被征用的可能性，从而降低了跨国企业的投资风险［布洛尼根（Blonigen）,2005］；良好的产权保护机制会提高合同执行效率，从而对跨国企业的投资收益进行了有力保障［布洛尼根和皮格（Blonigen & Piger）,2014］。魏（Wei,2000）的研究指出，政府腐败水平的提高会带来企业税率的提升，从而阻止外资流入。另外，阿尔奎斯特等（Alquist et al.,2019）基于 1990—2007 年间新兴经济体的跨境并购数据的研究结果也指出清廉的东道国（地区）政府可以帮助降低跨国公司在东道国（地区）当地获取生产投入品的成本，从而更加有利于跨国公司在东道国（地区）进行并购交易。

随着中国对外直接投资的迅速发展，一系列文献也从东道国（地区）特征考察了中国对外直接投资的影响因素，主要包括以下几个方面。首先，两国的地理距离、东道国（地区）的经济规模、两国间的贸易量是影响中国对外直接投资的重要因素。程和马（Cheng & Ma,2010）的研究指出，与东道国（地区）地理距离的增加会阻碍中国的对外直接投资。利用 1984—2001 年中国对 49 个东道国（地区）的直接投资数据，巴克利等（Buckley et al., 2007）的经验研究发现东道国(地区)市场规模与中国对外直接投资额正相关。程惠芳和阮翔(2004)基于引力模型检验了双边贸易量与中国对外直接投资的关系。利用1995年、2000年和2002年中国对26个国家(地区)投资的截面数据,他们的研究结论指出中国对外直接投资倾向流入贸易关系较为紧密的国家。其次,一系列文献考察了东道国(地区)自然资源禀赋与中国对外直接投资的关系,但研究结论并不统一。巴克利等(2007)指出东道国(地区)自然资源禀赋对中国对外直接投资额没有显著影响。利用1991—2005年中国对31个国家(地区)投资的面板数据,张和钱(2009)提出了不同的研究结果,他们发现东道国(地区)的自然资源禀赋与中国对外直接投资规模呈现明显的正相关关系。李磊和郑昭阳(2012)支持了张和钱(2009)的结论,即中国的对外直接投资有资源寻求动机,并认为中国的对外直接投资对矿产资源的需求大于对石油资源的需求。蒋冠宏和蒋殿春(2012)基于2003—2009年中国对95个国家(地区)对外直接投资数据的研究发现,中国对外直接投资有战略资产寻求和自然资源寻求动机。最后,现有研究证实了东道国(地区)的制度环境也会影响中国的对外直接投资规模。科尔斯塔德和维格(Kolstad & Wiig,2012)以2003—2006年期间中国对142个东道国(地区)的直接投资数据为样本,他们的研究发现较大规模的中国对外直接投资流向了制度风险较高的东道国(地区)。张等(Zhang et al.,2011)则提出了相反的结论,他们认为东道国(地区)制度风险的上升会阻碍中国企业在东道国(地区)的直接投资。邓明(2012)指出东道国(地区)完善的经济与法治制度能够拉动中国对发展中国家的直接投资规模,但不能拉动中国对发达国家的直接投资。孟醒和董有德(2015)认为跨国企业对于制度风险的关注程度取决于中国与东道国(地区)之间的双边关系,双边关系友好时,制度风险不是影响中国对外直接投资的重要因素;而当双边关系恶化时,制度风险的上升会抑制中国对外直接投资规模的上升。

总结来说,现有研究指出,东道国(地区)的市场规模、自然资源禀赋、制度环境、双边地理距离和经贸关系等都是影响中国对外直接投资的重要因素。那么,金融发展作为东道国(地区)制度的重要组成部分,是否会影响中国企业的对外直接投资行为? 这是本书进一步研究的话题。

二、金融发展与对外直接投资

随着2008年全球金融危机的爆发,越来越多的文献从金融发展的视角考察企业的对外直接投资行为。金融市场发展作为要素市场中正规制度的重要组成部分,深刻影响着企业国际化进程的外部融资可得性,因此高水平的金融市场发展和金融开放对企业国际化有着积极的助推作用[克罗切等(Croce et al.),2023]。文献已经证实,金融发展能够促进经济增长,从而带动企业投资[贝克和莱文(Beck & Levine),2004]。基于发达国家的经验研究表明,母国金融市场环境的改善可以促进企业进行海外投资。首先,母国银行体系的发展状况与企业的海外投资行为息息相关。传统信贷市场的发展能够加速企业的国际化进程[连和陈(Lian & Chen),2017]。克莱因等(Klein et al., 2002)利用日本企业在美国进行直接投资的微观数据进行了经验分析,他们的研究结果指出,母国银行信用等级的下降会显著减少日本企业对外直接投资的项目数。其次,母国的股票市场发展水平也会深刻影响跨国企业的对外直接投资行为。迪乔瓦尼(Di Giovanni, 2005)的研究指出,母国股票市场发展程度越高,融资环境越宽松,国内企业进行海外投资的动机越强。

另外,东道国(地区)的融资环境也会影响跨国公司的投资行为,但结论并不一致。一方面,东道国(地区)金融发展可以促进直接投资的流入。这是因为,若跨国企业需要在东道国(地区)进行融资,那么东道国(地区)落后的资本市场会限制跨国企业的投资[范伯格和菲利普斯(Feinberg & Phillips),2002];而东道国(地区)金融发展水平的提高可以缓解跨国企业在东道国(地区)面临的融资约束,从而促进直接投资的流入[德博尔德斯和魏(Desbordes & Wei),2017]。基于1989—2009年美国跨国企业数据,比利尔等(2019)的研究证实东道国(地区)金融发展水平的上升会同时增加跨国企业在东道国(地区)当地的投资概率和投资规模。另一方面,东道国(地区)金融发展水平的提高也可能提高跨国企业进入东道国(地区)市场的门槛,从而抑制对外直接投资的流入。鞠和魏(Ju & Wei, 2011)的研究支持了这一观点。通过构建理论模型,他们的研究证明,东道国(地区)金融发展水平的上升会推动当地企业发展,从而增加跨国企业在当地面临的市场竞争,进而抑制了跨国企业在东道国(地区)当地的直接投资规模。

近年来,也有一系列文献从金融发展的视角出发,探讨了融资环境对中国企业对外直接投资的影响。一部分文献从中国金融发展状况的视角切入,分析了中国金融发展程度如何影响企业的对外直接投资决策。例如,莫克等(Morck et al., 2008)指出中国的资本管制是驱动中国企业采取对外直接投资的一个重要因素,为了规避市场资本管制,中国企业会转而向东道国(地区)进行直接投资。郭杰和黄保东(2010)指出,中国较高的总社会储蓄、有待完善的金融结构等金融市场因素对中国对外直接投资的发展产生了巨大的影响。加拉格尔和伊尔夫(Gallagher & Irw, 2014)则认为中国金融市场的迅猛发展,尤其是银行市场的发展,能够有效促进中国企业参与对外直接投资。黄志勇等(2015)基于2003—2012年期间27个省的面板数据进行了研究分析,研究指出,以金融贷款余额占GDP比重衡量的中国金融发展深度和以私人信贷额度衡量的中国信贷市场发展程度的提升均能正向促进中国对外直接投资额的上升。余官胜和袁东阳(2014)将中国金融发展区分为量和质两个维度,其中量维度金融发展水平的提升指金融规模总量的增加,质维度金融发展水平的提升指金融市场资源配置效率的提高。他们的研究发现,若地区经济发展水平较低,则质维度金融发展水平的提升可以促进中国企业进行对外直接投资;若地区经济发展水平较高,则量维度金融发展水平的提升可以带动中国企业进行海外投资。杨建清(2015)的研究指出中国金融发展水平对中国企业对外直接投资的影响存在区域差异:在东部地区,金融发展水平的提高可以显著促进中国对外直接投资规模的增长;而在西部地区,地区金融发展水平与中国对外直接投资规模没有显著关系。

另外有一部分文献则从东道国(地区)角度分析金融发展与中国对外直接投资之间关系。基于中国对非洲的直接投资样本数据,沈军和包小玲(2013)的研究指出金融发展并不影响中国对非直接投资规模。基于2005—2012期间中国对55个国家(地区)的直接投资样本,余官胜(2015)发现东道国(地区)银行信贷规模的上升能促进横向扩张动机的中国对外直接投资规模上升,而东道国(地区)私营企业获得信贷规模的上升能够吸引纵向动机的中国对外直接投资。利用空间计量模型,刘志东和高洪玮(2019)考察了共建"一带一路"国家金融环境与中国对外直接投资之间的关系,他们的研究结论指出中国对外直接投资会同时受到东道国(地区)及其周边国家金融发展水平的共同影响。

综上可以发现,当前研究对金融发展和企业对外直接投资之间的关系展开了深入分析,该领域研究成果虽然丰富,但尚未达成共识。一方面,金融发展为企业的国际化经营提供了高效的金融支持,推动企业进行对外直接投资;另一方面,金融发展也可能加剧企业面临的市场竞争压力,从而抑制企业的对外直接投资行为。因此,本书将采用宏观和微观双层结构数据,更为系统深入地分析金融发展与中国企业对外直接投资之间的关系。这一研究不仅能够帮助我们厘清金融发展与企业对外直接投资之间的深层联系,也能够为推动企业高质量发展提供探索路径。

第三节 融资约束与中国对外直接投资

一、融资约束与对外直接投资

根据莫迪利亚尼和米勒(Modigliani & Mille,1958)提出的经典公司金融理论,完美的资本市场中,企业的资本结构与外部融资环境无关。然而,当资本市场信息不完全时,企业通过外源融资方式的资金获取成本会高于自有资金的使用成本,这有可能会导致企业因为外源融资成本过高而放弃有投资前景的项目[迈尔斯和马吉卢夫(Myers & Majluf),1984],因而,融资能力会影响企业的投资决策,一系列研究也证实了融资能力会影响企业的国际投资行为。例如,钱尼(2016)将企业流动性约束条件引入梅利兹(2003)构建的企业异质性国际贸易模型,研究指出企业自身流动性约束的上升会提高企业进入海外市场的门槛,从而阻碍了企业参与国际贸易。但钱尼(2016)的研究仅考虑了企业的出口行为,并未涉及企业的对外直接投资问题。比利尔等(2019)进一步拓展了模型,考虑了东道国(地区)金融发展和企业融资约束对企业对外直接投资的影响。他们构建三国理论模型证实了东道国(地区)金融市场的完善可以通过缓解跨国公司融资约束从而降低企业进入东道国(地区)市场的门槛,进而提升企业在东道国(地区)进行直接投资的可能性和投资规模。布赫等(2009)从企业对外直接投资的集约边际和广延边际两个角度考察融资约束对企业对外直接投资的影响。他们的研究有两点发现:第一,在广延边际上,母公司所面临的金融约束会抑制企业直接投资决策;第二,在集约边际上,分公司过高的融资成本会降低跨国公司的海外销售额。布赫等(2010)进一步比较了融资约束对制造业和服务业企业影响的差异性,他们指出企业融资约束对服务业对外直接投资的影响更大。与此观点类似,李(Li,2017)基于2002—2014年期间美国零售业跨国公司跨境并购的数据进行了相关分析,他的研究指出,企业的债务融资能力会影响企业的并购选择,债务融资比率较高的企业倾向于选择现金方式进行跨国并购。

上述研究均考察了发达国家跨国企业的对外直接投资问题,随着中国企业国际化进程的不断加快,学者们也逐渐从微观层面考察了融资能力对中国企业对外直接投资的影响。王碧珺等(2015)利用浙江省制造业企业的样本数据考察了融资约束对中国民营企业对外直接投资行为的影响,他们研究结果指出融资约束限制了中国企业对外直接投资的可能性以及投资规模。基于异质性国际贸易理论的基本框架,吕越和盛斌(2015)构建理论模型分析了中国企业的国际化行为,分析结果指出企业的国际化行为与企业的融资能力密切相关。其中,融资能力最强的企业会选择进行对外直接投资,融资能力次之的企业会选择出口贸易,融资能力最弱的企业不会选择进行国际化投资,而企业在全要素生产率方面的优势可以缓解融资约束对对外直接投资决策带来的负影响(刘莉亚等,2015)。余官胜和都斌(2016)研究了企业融资约束与中国企业对外直接投资区位选择之间的关系,结论指出融资约束限制了企业对东道国(地区)的选择范围,融资约束越大的对外直接投资企业倾向于选择市场规模较小、经济发展水平较低以及技术相对落后的东道国(地区)。严兵和张禹(2016)基于江苏省制造业企业对外投资微观数据的研究指出,生产率和融资约束都是影响企业对外直接投资决策的重要变量。同时,融资约束的影响会随着生产率水平而发生变化:企业的生产率越高,融资约束变量在企业对外投资决策中产生的影响越大。另外,融资约束对企业海外投资决策的影响也并非一成不变,冀相豹(2016)指出,融资约束对国有企业的对外直接投资决策的影响并不显著,相反,融资约束会显著抑制非国有企业的对外直接投资决策。

二、金融发展、融资约束与对外直接投资

本章第二节指出,金融发展是影响企业国际化投资行为的一个重要因素(连和陈,2017)。从宏观上说,金融发展能够带动经济增长,扩大市场规模,提高市场收益(莱文,2005)。另外,完善的金融体系提高了金融系统的运行效率,优化了资源配置效率[拉詹和津加莱斯(Rajan & Zingales),1998],降低了企业的投资风险。克莱策和巴尔丹(Kletzer & Bardhan,1987)构建了不完全信息下的赫克歇尔-俄林模型,他们的论证指出金融环境约束力的降低会提高企业运营资金的使用成本,从而削减了一国的贸易流出。贝克(2002)认为金融发展是一国的竞争优势,能够吸引贸易流入。陈等(Chen et al.,2019)指出国家较低的金融发展水平会抑制国内企业的投资水平。但上述这一系列研究仍

着重考察了企业的出口行为,鲜有涉及企业的对外直接投资问题。从微观上说,信贷市场的发展可以促进企业创新水平的提升[许等(Hsu et al.),2014]和技术扩散[塔德塞(Tadesse),2002],并营造良好的融资环境,进而缓解企业融资约束并提升企业的国际化水平(谢军和黄志忠,2014)。

良好的金融环境可以有效缓解融资约束,这是金融发展提升企业国际化水平的一个重要渠道。格林伍德等(Greenwood et al.,2010)从经济周期理论出发,探讨了金融中介对经济增长的影响。他们的研究结论指出,金融中介的发展可以提高信贷资金的使用效率和社会资本的分配效率,降低企业面临的融资约束水平。阿庚等(Aghion et al.,2005)从信贷市场不完全的角度探讨金融发展对经济增长的影响,他们认为金融市场的发展可以通过缓解企业创新时期面临的融资约束,从而促进经济体的长期增长。由于发展中国家金融市场并不完善,阿塞莫格鲁和齐利博蒂(Acemoglu & Zilibotti,1997)指出发展中国家金融发展水平的提高可以分散证券融资的非系统性风险,进而能够帮助扩大企业的融资需求。

已有学者从金融角度关注融资约束对企业国际化决策的影响,但关注点仍大多为企业的出口行为。在不完全信息的假设下,芬斯特拉等(Feenstra et al.,2014)将银行部门引入梅利兹(2003)的异质性企业国际贸易模型,讨论了企业面临融资约束的原因。他们的研究指出,由于无法获取企业生产率的准确信息,银行会降低向企业的贷款额度。同时,相较于国内企业而言,出口企业的运输时间长,生产率差异更大,导致了更严重的信息不对称,因此,出口企业面临更加严重的融资约束。马诺瓦(Manova,2008、2013)利用美国企业贸易数据分析了金融发展和融资约束对企业出口的影响,研究指出融资约束会降低企业的出口额,而金融发展可以帮助企业降低进入海外市场的门槛并获得更高的海外销售额,且这一促进效应在对外部融资依赖度更高的行业中更显著。马诺瓦(2008,2013)考察了金融因素对企业进入出口市场的重要性,而布里孔涅等(Bricongne et al.,2012)则考察了融资环境对已经出口企业的影响。他们对法国企业的研究表明金融危机会降低出口企业的销售额,且对融资约束越强的企业抑制作用更大。在假定企业依赖外部资金进行生产和投资的前提下,布埃和沃堡(Bouët & Vaubourg,2016)指出融资依赖度较低的出口企业可以获得较高的垄断利润,而负向的外部金融冲击会提高企业的出口成本,同时加剧企业面临的融资约束,进而降低了企业出口的可能性和规模。基于1998—2013年中国工业企业数据,毛其淋和王澍(2019)指出,地方金融自由化缓解了企业的融资约束,从而扩大了企业的出口规模。

第四节 小 结

从上面的综述可以看出,现有学者们基于融资约束视角对金融发展和对外直接投资之间的关系展开了丰富的研究,为今后的研究打下了坚实的基础。但值得注意的是,现有文献仍存在一系列不足。首先,现有文献大多考察了金融发展对企业出口的影响,而针对金融发展进程如何影响企业对外直接投资的研究相对匮乏。事实上,融资约束一直是困扰中国企业海外投资的重大难题,大量处于长尾部分的企业难以获取充足的信贷资源(黄浩,2018)。相较于出口企业,对外直接投资企业面临的投资成本更高、投资风险更大,对外部金融环境的依赖度也更大。文献已经证实金融发展可以通过融资约束间接影响企业出口,那么金融发展对企业对外直接投资是否也有类似的影响机制呢?这需要进一步的研究来证实。其次,现有文献一般从金融总量角度切入考察金融发展的影响,而忽略了金融系统的结构优化、效率提升等因素对企业投资的影响。事实上,金融规模的扩大,如果没有伴随金融系统结构的调整和效率的改善,则不能有效缓解企业的融资约束,所以本书有必要综合金融体系发展的多个维度,考察金融发展水平对企业融资约束的缓解机制。最后,现有研究大多从中国金融市场角度考察中国企业对外直接投资问题,而忽略了东道国(地区)金融市场相关因素对中国企业对外直接投资的影响。即使有少数研究考察了东道国(地区)金融市场对中国对外直接投资的影响,但这些研究都是基于中国对外直接投资的加总数据进行分析,并未从微观的角度针对东道国(地区)金融发展和中国对外直接投资之间的关系进行更为深入的研究。因此,亟须有研究针对东道国(地区)融资环境对中国企业投资的影响展开深入细致的分析。这一研究不仅可以帮助中国企业提高海外投资的成功率,也可以帮助相关政府部门制定更加合理科学的投资引导政策。

针对上述不足,在接下来的内容中,本书将从企业融资约束角度切入,综合考虑中国和东道国(地区)双边因素,深入分析金融发展对中国企业对外直接投资的影响机制,希望能够丰富中国企业海外投资相关领域的理论和经验研究。

第三章　金融发展与对外直接投资：理论与影响机制

基于企业异质性框架下，本章构建理论模型分析金融发展对企业对外直接投资行为的影响，同时，本章介绍了金融发展对直接投资的影响路径，这一系列分析为接下来的经验研究提供了理论依据。具体来说，第一节基于赫尔普曼等（2004）提出的异质性企业国际直接投资理论模型，分析企业融资能力异质性和金融发展对企业对外直接投资决策的影响。第二节从直接效应和间接效应两个角度归纳了金融发展对中国企业对外直接投资的影响机制。

第一节　异质性企业对外直接投资理论框架

梅利兹（2003）基于企业生产率异质性分析框架，拓展了克鲁格曼（1980）提出的垄断竞争贸易模型，开创性地将国际贸易分析从产业层面转向微观企业层面。赫尔普曼等（2004）在梅利兹（2003）模型的基础上将企业生产率异质性分析框架应用到企业出口和对外直接投资决策上，并由此提出了异质性企业国际直接投资理论，这一理论为我们分析金融发展对企业对外直接投资决策奠定了坚实的理论基础。下面，我们首先介绍该模型的基本结论。

一、模型假设

赫尔普曼等（2004）对生产要素、消费者效用、企业生产函数、投资决策等因素设定了一系列假设，具体包括以下内容。

第一，生产要素假设。假定经济体中有 N 个国家，同时，劳动力是企业生产所需要投入的唯一要素。假定国家 i 的劳动力禀赋为 L^i，劳动力工资为 w^i。经济体中存在由 n 个连续变体所构成的异质类产品 Ω 和一种同质产品，所有异质类产品的消费替代弹性为常数。

第二，消费者效用假设。消费者在异质类产品的消费份额为 μ，那么，可以推测出，消费者在同质类产品的消费份额为 $1-\mu$。

第三，企业异质性假设。假定企业的生产效率存在异质性，单位劳动力的产出为 x，即企业的生产率为 x。企业的生产率 x 服从帕累托（Pareto）分布：

$$G(x)=1-x^{-k}, k>\varepsilon-1$$

第四，企业决策假设。假定每个企业进入行业市场需要支付固定沉没成本 f_E，且每个企业进入市场时，由 $G(x)$ 随机分配一个生产率，企业根据自身的生产率 x 决定生产方式。每个企业都会面临三个生产选择：①仅在国内市场生产和销售；②在国内市场生产并将产品进行出口销售；③进行对外直接投资。即企业能够在国内和国际市场进行生产，同时，国内生产的产品在国内销售，国外生产的产品在东道国（地区）销售。

第五，成本假设。企业在进入特定市场之前还需要支付一定的固定成本，其中进入国内市场的固定成本为 f_D；企业进行出口销售需要承担额外的固定成本 f_X；若企业选择进行对外直接投资，则需要承受更高的固定成本 f_I[①]。企业出口销售还需要承担冰山运输成本 τ^{ij}。运输成本 τ^{ij} 满足 $\tau^{ij}>1$，这一公式这意味着，企业从国家 i 运输 τ^{ij} 单位的产品至国家 j，则只有 1 单位的产品能运到。表 3-1 列出了企业的投资决策选择及其对应的成本。参照赫尔普曼等（2004），

---

① 所有固定成本均以劳动力为计价单位。

假定运输成本满足 $f_I > (\tau^{ij})^{\varepsilon-1} f_X > f_D$。

表3-1 企业的决策选择和相应成本

	固定成本	国内市场边际成本	国际市场边际成本
仅在国内市场销售	f_D	$\dfrac{w^j}{x}$	-
出口销售	f_X	$\dfrac{w^j}{x}$	τ^{ij}
对外直接投资	f_I	$\dfrac{w^j}{x}$	$\dfrac{w^j}{x}$

二、模型求解

1. 消费

在国家 i 的消费者的效用函数满足 CES 型效用函数：

$$U_i = q_0^{1-\mu} (\int_{x \in \Omega} q(x)^\alpha dx)^{\mu/\alpha}$$

其中，$\varepsilon = 1/(1-\alpha) > 1$ 为不变的消费替代弹性。q_0 为同质产品，$q(x)$ 为异质类产品 x 的数量，Ω 为所有异质类产品的合集，μ 为异质类产品的消费份额。

参照迪克西特和斯蒂格利茨（Dixit & Stiglitz, 1977），国家 i 中所有异质类产品的平均价格指数为：

$$P_i = (\int_{x \in \Omega} p(x)^{1-\varepsilon} dx)^{\frac{1}{1-\varepsilon}} \tag{3.1}$$

最大化效用函数之后可以得到异质产品 x 的需求函数和支出函数分别为：

$$q(x) = \frac{p(x)^{-\varepsilon}}{P_i^{1-\varepsilon}} \mu w^i L^i \tag{3.2}$$

$$r_i(x) = \mu w^i L^i (\frac{p(x)}{P_i})^{1-\varepsilon} \quad (3.3)$$

其中，$p(x)$为异质产品x的价格，$\mu w^i L^i$为异质产品的总支出。

2. 生产

接下来，我们考虑企业的生产决策。

由表3-1可知，企业的边际生产成本为$c = \frac{w^i}{x}$，由此可得企业生产$q(x)$单位产品的总成本为$q(x)\frac{w^i}{x} + w^i f_D$。假定经济体中的企业是垄断竞争的，最大化企业利润，我们可以得到产品的定价公式为：

$$p = c/\alpha = w^i/\alpha x \quad (3.4)$$

那么，企业在国内生产的总利润为：

$$\pi^i_D(x) = pq(x) - (q(x)\frac{w^i}{x} + w^i f_D) = q(x)\frac{w^i}{x}\frac{1-\alpha}{\alpha} - w^i f_D$$

将需求函数(3.2)和产品价格(3.4)代入企业国内生产的总利润函数，我们可以得到企业在国内生产的利润函数：

$$\pi^i_D(x) = (1-\alpha)\mu w^i L^i (\frac{w^i}{\alpha x P_i})^{1-\varepsilon} - w^i f_D \quad (3.5)$$

式(3.5)将企业的利润转化为企业生产率x的函数。由于$\varepsilon > 1$，由式(3.5)可知，企业的生产率越高，则企业在国内进行生产活动获得的利润越高。令$A_i = (1-\alpha)\mu w^i L^i (\alpha P_i)^{\varepsilon-1}$，则式(3.5)可以简化为：

$$\pi^i_D(x) = A_i x^{\varepsilon-1} (1/w^i)^{\varepsilon-1} - w^i f_D \quad (3.6)$$

类似地，我们可以推导出企业出口的利润函数为：

$$\pi^i_X(x) = A_j x^{\varepsilon-1} (1/\tau^{ij} w^i)^{\varepsilon-1} - w^i f_X \quad (3.7)$$

同样，我们可以得到企业对外直接投资的利润函数为：

$$\pi^i_I(x) = A_j x^{\varepsilon-1} (1/w^j)^{\varepsilon-1} - w^j f_I \quad (3.8)$$

3. 市场均衡

市场出清时企业没有超额利润。因此,根据利润函数(3.6)、(3.7)和(3.8),我们可知,市场出清时,企业在国内市场生产、出口和对外直接投资的利润分别满足:

$$\pi_D(\overline{x}_D) = 0, \pi_X(\overline{x}_X) = 0, \pi_I(\overline{x}_I) = 0 \qquad (3.9)$$

由式(3.9)可求出企业在国内市场生产、选择出口贸易和采取对外直接投资的最低生产率分别满足:

$$\overline{x}_D = \left(\frac{w^i f_D}{A_i}\right)^{\frac{1}{\varepsilon-1}} w^i \qquad (3.10)$$

$$\overline{x}_X = \left(\frac{w^i f_X}{A_j}\right)^{\frac{1}{\varepsilon-1}} \tau^{ij} w^i \qquad (3.11)$$

$$\overline{x}_I = \left(\frac{w^j f_I}{A_j}\right)^{\frac{1}{\varepsilon-1}} w^j \qquad (3.12)$$

三、基本结论

式(3.10)、(3.11)和(3.12)分别给出了企业在国内市场销售、进行国际贸易以及进行对外直接投资所面临的最低生产率门槛。若企业的生产率 $x < \overline{x}_D$,则企业会退出国内市场。比较式(3.11)和(3.12)可知:

$$\text{当} \frac{w^j f_I}{w^i f_X} > \left(\frac{\tau^{ij} w^i}{w^j}\right)^{\varepsilon-1} \text{时, } \overline{x}_X < \overline{x}_I \qquad (3.13)$$

根据式(3.13),我们可知企业进行对外直接投资的生产率门槛高于企业进行国际贸易的生产率门槛。同时,赫尔普曼等(2014)的理论模型是针对发达国家的经济发展状况提出的,在这种经济状况下,他们假定经济体中各个国家市场规模和工资水平差异不大,即 $A_i \approx A_j$,$w^i \approx w^j$,则由式(3.10)、(3.11)和

(3.12)可以推出：

$$\bar{x}_I > \bar{x}_X > \bar{x}_D \tag{3.14}$$

式（3.14）给出了不同投资决策下企业生产率门槛的差异，即企业进行对外直接投资的生产率门槛高于企业进行国际贸易的生产率门槛，而企业进行国际贸易的生产率门槛高于企业在国内生产销售的生产率门槛。式（3.14）从理论上解释了发达国家之间的直接投资现象，也有一系列实证文献证实了这一观点［迈尔和奥塔维亚诺，2008；耶普尔（Yeaple），2009］。

图 3-1 绘制了不同生产率条件下企业的战略选择。其中，横轴为 $x^{\varepsilon-1}$，企业生产率 x 越高，$x^{\varepsilon-1}$ 的取值越大，纵轴表示企业利润水平。曲线 π_D、π_X、π_I 分别表示企业选择仅在国内进行生产、国际贸易和对外直接投资所面临的利润曲线。根据式（3.6）、（3.6）和（3.8）可知，企业的利润曲线为生产率 x 的增函数。π_D、π_X 与横轴交于 $\bar{x}_D^{\varepsilon-1}$ 和 $\bar{x}_X^{\varepsilon-1}$，$\pi_X$ 和 π_I 相交于 $\bar{x}_I^{\varepsilon-1}$。

由图 3-1 可知，当企业的生产率 x 满足 $x \in (\bar{x}_D, \bar{x}_X)$ 时，企业在国内生产可以获得利润，但参与国际贸易并不能获益，所以此时企业会选择仅在国内市场生产和销售。当企业的生产率 x 满足 $x \in (\bar{x}_X, \bar{x}_I)$ 时，企业不仅会选择在本国市场进行生产销售，还可以参与国际贸易活动，但此时企业的生产能力并不足以支持其参与海外直接投资。当且仅当企业跨过生产率门槛 $\bar{x}_I$ 时，企业在国内市场生产、出口贸易或者直接投资均可以获得利润。此时，企业在海外市场进行直接投资的利润最高，企业会选择在东道国（地区）设立厂房进行直接投资以获取更大的市场份额和更高的收益率。

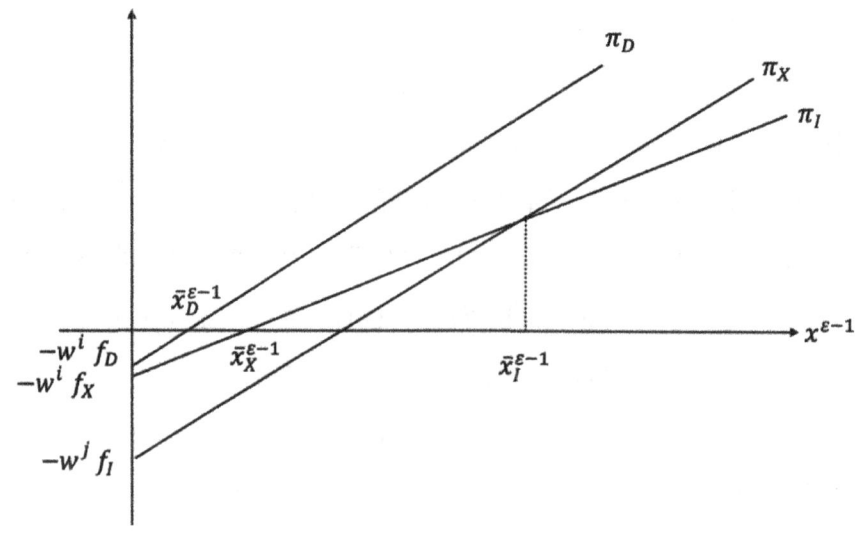

图3-1 企业的生产率和决策选择

第二节 金融发展对企业对外直接投资影响的理论分析

一、地区金融发展、融资约束与企业对外直接投资

赫尔普曼等(2004)仅考虑了企业的生产率异质性与企业投资决策之间的关系,但未考虑融资环境与融资能力对企业投资决策的影响,因此需要对赫尔普曼等(2004)提出的理论模型进行进一步拓展。钱尼(2016)将企业融资约束假设引入梅利兹(2003),进一步考虑了融资约束与企业出口行为的联系。基于钱尼(2016)提出的理论框架,本节拓展了赫尔普曼等(2004)的异质性企业国际直接投资理论。本节将融资约束异质性引入企业投资决策问题,分析金融发展与企业投资决策的关系。在接下来的内容中,我们将简化假设,假定经济体中只有两个国家,即中国和外国,工资水平分别为 w(w^*),每个国家的劳动力禀赋为 L(L^*),其中,所有外国变量用上标"*"表示。

出于以下考虑,我们假定相较于在国内经营的企业来说,选择进入海外市场的企业面临更加严重的融资约束:①海外市场投资风险更大;②投资者无法及时获得海外市场的风险信息,也无法对海外投资项目进行有效监控,这一现象会导致金融契约的约束力下降,进而降低投资者对海外项目的投资意愿。因此,选择海外投资的跨国企业融资成本更高、融资难度更大。

一般来说,企业在进入海外市场时需要支付大额的固定成本。我们假设企业的可抵押资产为 A,可抵押资产的价值会受到地区金融发展水平的影响。若地区金融发展水平越高,企业能够获得的外部融资渠道越广泛,企业的可抵押资产价值越高;反之,地区金融发展水平越低,企业的融资渠道较少,则企业的可抵押资产价值越低。同时,我们假设 (x, A) 的联合分布函数为 $F(x,A)$,$F_x(x) \equiv \lim_{A \to \infty} F(x,A)$ 为 x 的边际密度函数。那么,跨国企业面临的融资约束为:

$$\pi_D(x) + wA \geq wf_I$$

我们可知,企业进入海外市场的生产率门槛 $\bar{x}(A)$ 满足:

$$\pi_D(\bar{x}(A)) + wA = wf_I \tag{3.14}$$

假定市场价格由国内企业决定,外资企业是价格接受者,那么在市场均衡时,价格指数满足以下条件:

$$P \approx \left(\int_{x \geq \bar{x}_D} p(x)^{1-\varepsilon} LdF_x(x)\right)^{\frac{1}{1-\varepsilon}} \tag{3.15}$$

记函数 $g(\cdot)$ 满足:

$$g(\cdot): \bar{x}^{\varepsilon-1} = \left(\frac{\varepsilon}{\mu} \int_{x \geq \bar{x}} x^{\varepsilon-1} dF_x(x)\right) \times f \Leftrightarrow \bar{x} = g(f) \tag{3.15}$$

我们将式(3.14)和(3.15)代入式(3.8)和(3.14),并结合式(3.14)和(3.15),可以得到不同投资决策下企业的生产率门槛为:

$$\bar{x}_D^{\varepsilon-1} = \frac{wf_D}{(1-\alpha)\mu wL\left(\frac{w}{\alpha P}\right)^{1-\varepsilon}} \Rightarrow \bar{x}_D = g(f_D) \tag{3.16}$$

$$\bar{x}_X^{\varepsilon-1} = \frac{wf_X}{(1-\alpha)\mu w^* L^* (\frac{\tau w}{\alpha P^*})^{1-\varepsilon}} \Rightarrow$$

$$\bar{x}_X = \left(\frac{\tau w}{w^*}\right)\left(\frac{w}{w^*}\frac{f_X}{f_D}\right)^{\frac{1}{\varepsilon-1}} g(f_D) \quad (3.17)$$

$$\bar{x}_I^{\varepsilon-1} = \frac{wf_I}{(1-\alpha)\mu w^* L^* (\frac{w^*}{\alpha P^*})^{1-\varepsilon}} \Rightarrow \bar{x}_I = \left(\frac{w}{w^*}\frac{f_I}{f_D}\right)^{\frac{1}{\varepsilon-1}} g(f_D) \quad (3.18)$$

$$\bar{x}^{\varepsilon-1}(A) = \frac{wf_D + wf_I - wA}{(1-\alpha)\mu w L(\frac{w}{\alpha P})^{1-\varepsilon}} \Rightarrow$$

$$\bar{x}_I(A) = \left(\frac{f_D + f_I - A}{f_D}\right)^{\frac{1}{\varepsilon-1}} g(f_D) \quad (3.19)$$

若 $\left(\frac{\tau w}{w^*}\right)^{\varepsilon-1} f_X < f_I$，有 $\bar{x}_X < \bar{x}_I$。若企业可抵押资产无穷大，则企业将不面临融资约束，也不面临生产率门槛。因此，由式（3.19）可知，若 $A \to +\infty$，$\bar{x}_I(+\infty) \to 0$。同时，若 $A=0$，即企业可抵押资产为 0，则此时企业面临的融资约束最大。由此可知，$\bar{x}_I(A)$ 为向下倾斜的曲线。

令 $\bar{x}_I(0) > \bar{x}_I$，我们可以得到：

$$A < f_D + (1-\frac{w}{w^*})f_I \quad (3.20)$$

式（3.20）给出了企业参与对外直接投资时面临的融资约束公式。根据式（3.20），图 3-2 绘制了融资约束条件下企业进行对外直接投资所面临的生产率门槛。若式（3.20）成立，我们可以得到图 3-2 中集合 Ω 为非空集合，即处于 Ω 集合中的企业本可以进行对外直接投资，但由于面临融资约束而无法获得足够的资金支付对外直接投资的固定成本，因而错失了投资机会。

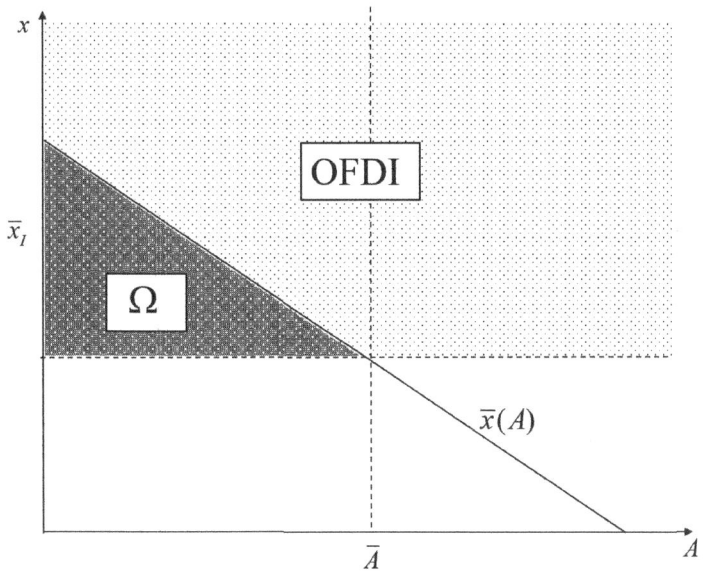

图3-2 融资约束与企业对外直接投资的生产率门槛

将式(3.14)代入式(3.3),可得对外直接投资企业的总收入为:

$$r_I(x) = \varepsilon w f_I \left(\frac{x}{\bar{x}_D^*} \right)^{\varepsilon-1}$$

那么,由于企业面临融资约束而损失的直接投资额为:

$$T_{missing} = L \iint_{(A,x) \in \Omega} r_I(x) dF(A,x)$$

由于企业的可抵押资产 A 的价值受到地区金融发展水平的影响,因此,根据以上理论分析,我们可以得到以下推论:

推论1:地区金融发展程度的提高可以通过增加可抵押资产 A 的价值从而促进企业海外投资。

假定 $\theta \in (0,1)$ 部分企业受到融资约束($A < \bar{A}$),其中 $\bar{A}$ 为企业不受融资约束的最低可抵押资产价值。则:

$$T_{missing} = \theta L \int_{\bar{x}(A)}^{\bar{x}_I} r_I(x) dF_x(x) \tag{3.21}$$

由式(3.21)可知,地区金融发展不仅可以通过影响企业的可抵押资产 A 的价值进而影响企业的对外直接投资决策,还可以通过影响受到融资约束的企业数量从而影响整体的对外直接投资规模。因而,我们有以下推论:

推论2:地区金融发展程度的提高可以通过增加不受融资约束的企业数量(θ)来提高中国企业的对外直接投资规模。

二、东道国(地区)金融发展、融资约束与企业对外直接投资

上一部分通过构建理论模型讨论了企业所处地区的金融发展水平对企业对外直接投资行为的影响。但考虑到东道国(地区)融资环境也是影响跨国企业投资决策的重要因素,在这一部分的讨论中,我们重点分析东道国(地区)金融发展水平对中国企业国际投资决策的影响机制。

为了分析东道国(地区)金融发展水平对跨国企业投资决策的影响,我们主要参照比利尔等(2019)的理论框架。首先,我们假定东道国(地区)金融市场并不发达,当地企业面临着一定程度的融资困境。参照阿庚等(2007),我们采用企业的违约成本($\eta \in [0,1]$)来衡量东道国(地区)金融市场发展水平。这一假定意味着,若企业违约,则企业会损失 η 部分的收入,η 越大,说明东道国(地区)金融市场发展水平越高[1]。此时,东道国(地区)当地企业面临的融资约束为:

$$\eta(1-\alpha)\mu w^* L^* (\frac{w^*}{\alpha x P^*})^{1-\varepsilon} < w^* f_D \qquad (3.22)$$

根据式(3.22),我们可以得出东道国(地区)本地企业由于面临融资约束导致的生产率门槛为:

---

[1] η 可以衡量一国的金融发展水平,这是因为金融发展水平越高,企业越难以隐藏财务信息,故一旦违约,损失比例 η 也会越大。

$$\tilde{x}_D^{\varepsilon-1} = \frac{1}{\eta} \frac{w^* f_D}{(1-\alpha)\mu w^* L^* (\frac{w^*}{\alpha P^*})^{1-\varepsilon}} = \frac{1}{\eta} g(f_D) \qquad (3.23)$$

随着东道国(地区)金融发展水平的上升,企业获得的外部资金支持力度会不断上升,那么更多的企业可以进入市场进行生产销售,即企业面临的生产率门槛也越低。因此,我们可以得到如下表达式:

$$\frac{\partial \tilde{x}_D^{\varepsilon-1}}{\partial \eta} < 0$$

为了考虑东道国(地区)金融发展水平对企业对外直接投资的影响,假定在东道国(地区)进行直接投资的企业一部分固定成本在国内市场融资,另一部分在东道国(地区)进行融资。假定跨国企业在东道国(地区)金融市场进行融资份额为 $\phi \in (0,1)$,那么,在中国金融市场进行融资份额为 $1-\phi$。若企业无法在东道国(地区)获得足够融资,则跨国企业也无法进行对外直接投资,故跨国企业面临的融资约束条件为:

$$\eta(1-\alpha)\mu w^* L^* (\frac{w^*}{\alpha x P^*})^{1-\varepsilon} < \phi w^* f_I + (1-\phi) w f_I \qquad (3.24)$$

由式(3.24)可得跨国企业能够在东道国(地区)生产的最低生产率要求为:

$$\tilde{x}_I^{\varepsilon-1} = \frac{1}{\eta} \frac{\phi w^* f_I + (1-\phi) w f_I}{(1-\alpha)\mu w^* L^* (\frac{w^*}{\alpha P^*})^{1-\varepsilon}} \Rightarrow$$

$$\tilde{x}_I = \frac{1}{\eta} \left(((1-\phi)\frac{w}{w^*} + \phi) \frac{f_I}{f_D} \right)^{\frac{1}{\varepsilon-1}} g(f_D) \qquad (3.25)$$

根据上述理论分析,东道国(地区)金融发展水平的改善可能通过以下两种途径影响中国的对外直接投资流动。

第一,竞争效应。若中国跨国企业不需要在东道国(地区)进行融资,则当东道国(地区)金融环境改善(即 η 上升)时,东道国(地区)当地企业更容易在东道国(地区)获得融资,当地企业更加容易进入市场(即 $\frac{\partial \tilde{x}_D^{\varepsilon-1}}{\partial \eta} > 0$)。这一情况降低了当地市场对中国企业的产品需求,增加中国企业进入当地市场的门槛,导致中国跨国企业在当地的销售额下降。同时,由于市场竞争加强,进入门槛提高,中国跨国企业数目下降,这进一步降低中国跨国企业的总体销售收入。根据该效应,东道国(地区)金融环境的改善会抑制中国向当地的对外直接投资流入。

第二,融资效应。若跨国企业需要在东道国(地区)进行融资,则当东道国(地区)金融环境改善(即 η 上升)时,中国跨国企业更容易在东道国(地区)进行融资,中国跨国企业进入东道国(地区)的门槛变低($\frac{dx_I}{d\eta} > 0$),原本无法进入东道国(地区)进行对外直接投资的企业可以获得机会进入东道国(地区)。随着更多的中国跨国企业进入东道国(地区)市场,跨国企业的总体销售收入也随之上升。根据该效应,东道国(地区)金融环境的改善会鼓励中国向当地的直接投资流入。

上述分析指出东道国(地区)金融发展水平的提升会通过竞争效应和融资效应两种相反的渠道影响中国企业的对外直接投资。因此,我们有以下推论:

推论 3:东道国(地区)金融发展水平的提高会降低当地企业进入市场的门槛,加大中国跨国企业在当地的市场竞争,降低中国跨国企业在当地的销售额。

推论 4:东道国(地区)金融发展水平的提高可以提高中国跨国企业的融资能力,带动更多直接投资流入。

本书接下来的内容会进行经验研究具体分析东道国(地区)金融发展水平如何影响中国企业的对外直接投资。虽然宏观数据无法判断每种效应的影响幅度,但我们可以根据回归系数的符号,判断哪种效应占主导地位。

第三节 金融发展对中国企业对外直接投资的影响机制分析

上述模型分析了中国和东道国(地区)金融发展影响企业对外直接投资决策的理论机制,本节将进一步具体阐释了金融发展对企业对外直接投资的影响机制。本节将金融发展的影响机制分为直接效应和间接效应两个渠道。其中，直接效应主要表现为降低融资成本、拓宽融资渠道、降低资金错配率等，间接效应主要表现为提高企业海外市场规模、促进企业创新、提升企业全要素生产率等。以下内容将从直接效应和间接效应两个方面来具体阐述金融发展对中国企业对外直接投资的影响机制。

一、直接效应分析

融资约束是掣肘企业国际化水平提升的首要障碍（金祥义和张文菲，2024）。已有理论和经验研究表明金融发展水平的提高可以直接改善企业外部融资环境，为企业投资提供必要的资金融通服务，缓解企业的融资约束，从而提升企业的对外直接投资规模。这一直接效应主要体现在以下几个方面。

第一，金融发展水平的提高首先会表现为金融市场规模的扩大，这会拓展企业的可融资渠道。根据博迪和默顿（Bodie & Merton,1995）提出的"金融功能观"，当金融市场规模足够大时，信贷资源能够通过资金价格的调整实现供求平衡。这说明金融市场规模的扩大可以提高企业外部资金的可获得性，当金融市场充分有效时，企业的融资约束会随着金融规模的扩大而得到有效改善。

第二，金融规模的扩张会伴随着金融产品的不断丰富，这将满足企业更加多样化的融资需求，从而缓解企业的融资约束。金融产品的增多可以带来显著的规模经济效应，企业将不再局限于选择单一的金融产品，而是可以根据自身的融资需求，选择不同组合的融资方式，这将在降低融资成本的同时缓解企业的融资约束。

第三，金融市场的完善也表现为金融结构的改善，这将拓展企业的融资渠道，同时降低企业的融资压力。传统金融市场的融资方式是以银行为主导的间接融资，银行等金融机构虽然在信息与专业知识上有较大的优势，但受限于高昂的监督成本和逆向选择问题，银行等传统金融机构无法对所有企业提供稳定可靠的资金支持。因此，以银行为主导的间接融资方式依然会引起资金错配。

随着金融结构的不断完善以及资本市场的不断发展,企业可以选择通过发行股票、债券等方式直接向投资者进行融资,这拓宽了企业的融资渠道。金融发展水平的提升可以帮助企业综合运用直接投资和间接融资方式,进而更加有效地调动社会资源以及缓解自身的融资压力。

第四,金融发展水平的提高也意味着金融体系资源配置效率的提高,这将有助于实现资金的良性循环。一方面来说,在金融规模不变的情况下,金融体系运行效率的上升能够提升金融市场的融资能力,从而改善企业的外部融资环境。另一方面,因为信息不对称,一些优质的企业会错失投资机会,金融资源配置效率的优化能够降低交易成本,提升资金的使用效率,同时引导资金流向收益率更高的投资项目,因此,企业的融资约束也会随之得到改善。

二、间接效应分析

上一部分的分析中,我们指出,金融发展最直接的作用结果是缓解企业融资约束,进而推动企业的对外直接投资。与此同时,金融发展作为比较优势的潜在来源,可以间接作用于经济增长、技术创新和企业的全要素生产率进而间接影响企业对外直接投资。在这一部分,我们从上述三个方面阐述金融发展对中国企业对外直接投资的间接作用机制。

首先,金融发展能够带动经济发展,扩大市场规模,从而提升跨国企业的海外收益。根据《2010年中国企业对外投资现状及意向调查报告》显示,金融危机导致的海外市场规模缩小,大幅降低了企业的海外投资收益。这一现象说明金融环境恶化导致的海外市场规模变动与跨国企业的投资收益密切相关,由此可知,金融环境是影响中国企业国际化进程的重要因素。传统理论强调技术进步会带来经济增长,但莱文(1997)提出的金融发展理论认为金融市场对经济增长也有着重要的影响。他指出,金融发展可以降低交易成本并扩大市场交易总量,同时,金融发展是除了物质资金和人力资本之外推动经济增长的重要因素(莱文,2005)。稳定发展的金融市场能够带动经济增长,推动市场规模和市场潜力的上升,进而提高跨国企业的海外市场收益,最终推动跨国企业扩大对外直接投资规模。

其次,信贷市场的发展可以促进企业的技术创新,为跨国企业赋予海外扩张的核心竞争力,最终促进企业对外直接投资。传统对外直接投资理论指出企业能否进行对外直接投资取决于自身的竞争优势,这种优势不单单体现为较高的生产率,更体现为企业自身具备的、不可被复制的垄断优势,而提升市场核心竞争力的有效途径就是进行技术创新。然而,技术创新是一个长期的过程,需要大量资金投入,企业的留存收益需要维持日常的生产和经营活动,一般难以满足这些周期长、金额高的投资项目,因此需要大额的外部资金支持。这意味着当外部金融市场的发展降低了企业面临的融资约束限制后,企业的自主研发能力和品牌竞争力将得到进一步提升。同时,技术创新过程具有很高的不确定性,一旦新研发的技术不能应用于生产,企业会蒙受巨大的损失,金融发展为创新企业提供了资金支持和风险分散渠道。随着金融发展水平的提高,企业可以通过完善的金融市场筹措资金,这样一来,企业不仅可以将投资风险分散给不同的投资主体,同时也可以参与投入更高但收益更可观的研发项目。

最后,金融发展也可以通过提高企业全要素生产率从而间接促进企业进行海外投资。理论研究表明全要素生产率较高的企业能够以较低的边际成本生产出更多的产品,并获得更高的市场收益,进而能够克服较高的对外直接投资固定成本。经验研究也证实全要素生产率是影响中国企业海外投资决策的重要因素。因此,如果金融发展能够帮助企业提升生产率,也就能间接促进企业进行对外直接投资。综合来看,金融发展对全要素生产率的提升作用主要体现在以下几个方面。

第一,金融市场的发展可以为企业提供充足的外源资金支持,有效提升企业生产率。企业的生产过程,尤其是跨国生产经营,需要大量的生产要素投入,这需要雄厚的资金支持,如果企业留存收益无法满足这些资金需求,就需要依赖外部金融市场。发达的金融市场可以帮助企业筹措资金投入生产,进而有利于提升企业的全要素生产率。

第二,金融市场的完善可以降低交易成本,从而引导企业投资潜在收益更高的投资项目,这可以帮助企业提升资金的使用效率,进而拉动企业全要素生产率的上升。同时,金融市场的发展可以优化资本配置效率,为企业发展提供良好的生态环境。事实上,如果没有有效的金融市场,投资者无法全面了解一些优质的企业生产项目信息,这些企业也将因为无法获得足够投资而无法进行生产。金融发展通过降低逆向选择和道德风险引导资金流向回报率更高的企业部门,帮助企业扩大生产规模,最终实现全要素生产率的提升。

第三,金融发展改善了信息披露和资金匹配效率,提升了企业的投资效率,最终提升企业的全要素生产率。海外投资项目周期长、风险高,如果企业无法获得准确的市场信息,则无法评估投资项目的风险和收益,企业可能会错失良好的投资机会。金融市场的发展会伴随着信息不对称性的降低,这将帮助企业准确识别投资项目的收益和风险,进行更加合理高效的投资。同时,完善的信息披露机制可以帮助企业及时掌握市场动态,降低投资项目的不确定性,从而提升企业的全要素生产率。

第四节 小 结

首先,本章构建理论分析框架探讨了金融发展对企业对外直接投资的融资约束缓解机制。上一章的理论回顾指出,梅利兹(2003)基于企业生产率异质性提出的国际贸易理论框架为从微观角度分析企业的国际化行为提供了理论基础。在梅利兹(2003)的基础上,第一节结合赫尔普曼等(2004)和钱尼(2016)的理论框架,分析中国金融市场发展如何影响企业国际投资。理论研究发现,企业面临的融资约束会提高进入海外市场的门槛,从而降低企业海外投资的可能性和规模。中国金融市场的发展可以通过提高企业可抵押资产的价值和降低面临融资约束企业的数量进而有助于企业进入国际市场。

参照比利尔等(2019)的分析框架,本章接着分析了东道国(地区)金融发展、融资约束与中国对外直接投资之间的关系。理论分析指出,从东道国(地区)角度来说,金融发展可以通过竞争效应和融资效应两种途径影响东道国(地区)吸收的直接投资额。具体而言,竞争效应指东道国(地区)金融发展水平的提高可以提高东道国(地区)当地企业的融资能力,降低了企业进入市场的门槛,从而挤出中国企业在东道国(地区)的市场份额,导致中国企业在东道国(地区)直接投资额的下降;融资效应指东道国(地区)金融体制的完善可以降低中国企业在东道国(地区)当地的融资难度,从而促进中国企业在东道国(地区)进行直接投资。这两种效应的效果相反,仍需要进一步的经验分析来确定东道国(地区)金融发展水平对中国企业的对外直接投资的影响方向。

在理论模型的基础上,本章最后归纳了金融发展对中国对外直接投资的影响机制,指出金融发展可以通过直接效应和间接效应两种渠道影响中国企业的国际投资行为。其中,直接效应表现为金融发展通过降低融资成本、拓宽融资渠道、降低资金错配率等渠道缓解企业融资约束;间接效应主要表现为金融发展通过带动经济增长、促进企业创新和提升企业全要素生产率来推动企业对外直接投资。

本章的理论模型和机制分析为后续的经验分析奠定了基础。在接下来的第四章至第六章的内容中,本书将综合利用企业层面微观数据以及行业和国家层面宏观数据进行经验分析,检验本章讨论的机制是否适用于中国企业的对外直接投资行为。

第四章　中国金融发展、融资约束与中国企业对外直接投资

第一节　引　言

我们注意到,融资困难是企业跨境投资面临的主要挑战,许多中小企业因为无法筹措足够资金而失去投资机会。王碧珺等(2015)、刘莉亚等(2015)均指出融资约束会抑制中国企业对外直接投资的可能性和规模,而金融市场的发展可以通过改善融资环境来缓解企业的融资约束,从而促进企业对外直接投资(马诺瓦,2013)。考虑到跨国企业面临外部融资环境的差异性,本书将分别研究中国金融发展、东道国(地区)金融发展以及两者交互作用对中国企业对外直接投资的影响,本章将首先分析中国金融发展与中国企业对外直接投资决策之间的关系。

中国金融市场的发展与中国跨国企业的发展息息相关,这是因为跨国企业在本国的融资成本更低,且融资难度也更小,因此面临融资约束的跨国企业会优先选择在本国进行融资。另外,我们也看到,地区金融发展水平较高的广东、上海、北京、浙江等省市积累了大量的对外直接投资额(图4-1),这在一定程度上也说明了中国金融发展水平的提高可以带动企业参与海外投资。上一章分析了金融发展对中国对外直接投资的影响机制,结果指出金融发展

可以改善企业的外部融资环境、拓宽企业的融资渠道、降低投资项目不确定性从而缓解融资企业的融资约束。那么，这一机制是否适用中国企业的对外直接投资行为？本章将利用中国企业数据进行进一步的经验分析得到准确的结论。

出于以上考量，本章重点讨论中国金融发展水平对企业海外投资的融资约束缓解机制，同时在现有研究的基础上，本章进行了如下研究拓展。第一，本章基于选择的抽样法构建交互作用模型考察金融发展对企业对外直接投资的融资缓解机制。现有关于工业企业对外直接投资决策研究大多采用二元离散选择模型，然而事实上，我们观测到进行对外直接投资的企业占工业企业的比例很低，如果企业对外直接投资时反映投资决策的虚拟变量取1，未进行直接投资时取0，那么样本中会有大量的0值，却只有少量的1值，这样会导致样本严重左偏，此时若使用二元离散选择模型，估计得到的结果会存在偏差。因此，本书采用基于选择的抽样法对检验结果进行修正。相较于二元离散模型，基于选择的抽样法得出的结论更加准确稳健。第二，本章将中国各省份金融发展区分为金融发展的规模、深化和效率三个维度，并在此基础上构建中国金融发展和企业融资约束指标的交互乘积项，进而从宏观金融发展和微观企业融资约束两个角度综合探讨企业的对外直接投资决策问题。第三，考虑到新兴市场国家的经济特征，本章在区分企业要素结构和投资动因的基础上进行了分样本检验，针对金融发展对企业融资约束的缓解作用进行了更加全面的检验。本章的研究结论能够为促进中国金融体系改革、加快企业"走出去"提供可靠的经验支持。

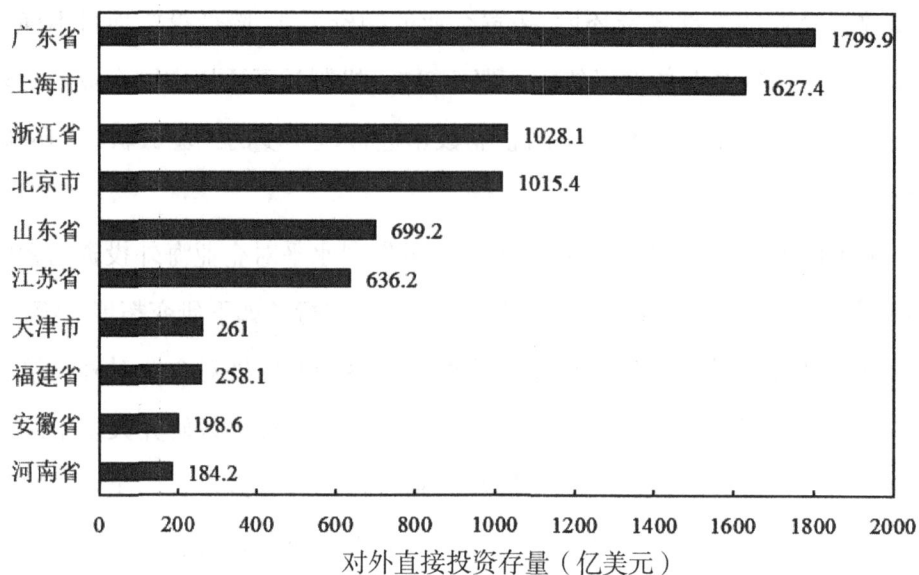

图4-1 2022年末对外直接投资存量前10位省市

注：数据来源于《2022年中国对外直接投资统计公报》。

第二节 模型设定及数据说明

一、计量模型

本节旨在检验中国金融发展能否通过缓解企业融资约束从而促进对外直接投资，为了检验这一影响渠道的有效性，我们引入中国金融发展和企业融资约束的交互乘积项，构造计量模型进行经验研究。但遗憾的是，囿于数据限制，我们仅能从对外直接投资的企业中获取其是否进行投资，而无法获取投资规模，因此，参照耶普尔等（2009）的研究，计量模型的被解释变量为企业的对外直接投资决策。其具体来说，本节采用以下计量模型：

$$\Pr(ofdi_{ijt}) = \alpha_0 + \alpha_1 \times FC_{it} + \alpha_2 \times fin_{jt} \times FC_{it} + \mathbf{\Gamma X_{it}} + \sum_j region_j + \sum_s industry_s + \sum_t \mu_t + \varepsilon_{ijt} \quad (4.1)$$

式（4.1）中，$ofdi_{ijt}$表示位于省份j的企业i在t年是否进行对外直接投资，若进行对外直接投资，则取1，否则取0。FC_{it}为企业i面临的融资约束，fin_{jt}为省份j的金融发展指标，具体包括金融发展规模、金融深化和金融效率三个维度。$\mathbf{X}_{it}$为其他可能影响企业对外直接投资决策的影响因素，包括企业全要素生产率、企业年龄、企业规模、资本密集度等，Γ为其对应的向量系数。μ_t为时间固定效应，控制同一年份不同企业遭遇的共同冲击；$region_j$为地理位置虚拟变量，用于控制不随时间变化的地区特征对企业对外直接投资的影响；$industry_s$为行业虚拟变量，用于控制不随时间变化的行业特征对企业对外直接投资的影响。ε_{ijt}为误差项。

将式（4.1）对融资约束（FC_{it}）求偏导，我们可以得到：

$$\frac{\partial \Pr(ofdi_{ijt})}{\partial FC_{it}} = \alpha_1 + \alpha_2 \times fin_{jt} \qquad (4.2)$$

根据式（4.2）可知，系数α_1和中国金融发展fin_{jt}共同决定了企业面临的融资约束对企业投资决策的影响。

进一步地，将式（4.1）对fin_{jt}求偏导，我们可以得到：

$$\frac{\partial \Pr(ofdi_{ijt})}{\partial Fin_{jt}} = \alpha_2 \times FC_{it} \qquad (4.3)$$

根据式（4.3）可以看出，α_2衡量了中国金融发展程度对不同融资约束企业影响的差异性。$\alpha_2 < 0$意味着，相较于融资约束较低的企业，中国金融发展水平的提升更能够帮助融资约束较大企业参与对外直接投资。

二、变量选取

1. 企业融资约束

现有文献对于融资约束的衡量指标主要分为两类。一类是单一指标。例如，考虑到企业使用外部融资的成本高于内部资金的成本，企业会优先使用内部资金来满足投资机会,因此,法扎里等(Fazzari et al.,1988)用投资对内部现金的敏感度来衡量企业面临的融资约束;类似地,克利里(Cleary,1999)采用企业流动资产与流动负债之差占企业总资产点比重来衡量;芬斯特拉等(2014)则利用利息支出占销售收入的比重来衡量企业面临的融资约束。另一类为综合指标。比如卡普兰和津加莱斯(Kaplan & Zingales,2000)构建 KZ 指数、怀特德和吴(Whited & Wu,2006)构建的 WW 指数和哈德洛克和皮尔斯(Hadlock & Pierce,2010)构建的 SA 指数等。本书参照哈德洛克和皮尔斯(2010)的做法,构建 SA 指数刻画企业面临的融资约束,具体计算方式为:

$$SA = -0.737 \times Size + 0.043 \times Size^2 - 0.04 \times Age \qquad (4.4)$$

式(4.4)中,Size 为企业总资产,Age 为企业年龄。参照鞠晓生等(2013),SA 指数为负值,且 SA 指数的绝对值越大,则企业所面临的融资约束越高。

2. 中国金融发展指标

信贷规模的扩大增加了外源资金的可获得性,有利于实现资源的有效配置。因此,博迪和默顿(1995,2006)认为金融规模的扩大是金融发展的主要外在表现。另外,张宽和黄凌云(2019)指出,金融发展不仅仅体现为金融规模的扩大,也表现为金融体系的不断深化和资金配置效率的不断提高。出于这一考量,本书从金融发展规模、金融深化和金融效率三个维度来衡量中国金融发展程度,具体来说,参照张成思等(2013)的做法,金融发展规模用各省份金融机构本外币存贷款总额规模占各省份 GDP 的比重来衡量;参照余和姚(Lu & Yao)(2009)的做法,金融深化用各省份贷款余额占 GDP 的比重来衡量;参照方福前等(2017)的做法,金融效率用各省份贷款与存款余额之比来衡量,数据来自《中国金融统计年鉴》和《中国统计年鉴》。另外,由于 2003—2013 年期间没有位于西藏自治区的企业参与对外直接投资,故本书保留 30 个省、自治区、直辖市作为研究样本。

表 4-1 列出了 2003—2013 年期间各省、自治区、直辖市的金融发展情况。可以看出,30 个地区中,内蒙古自治区的金融规模最小、金融深化程度最低,

2003—2013年期间,内蒙古自治区的金融规模和金融深化的均值分别为1.53和0.69。样本期间内,北京市的金融规模指标最大,2003—2013年期间金融机构本外币存贷款总额与GDP之比的均值达到6.65,金融深化程度也最高,样本期间贷款余额占GDP之比的均值为2.33。但从金融效率指标来说,这一指标在北京市的均值仅为0.54,说明北京市虽然金融规模较大、金融深化程度较高,但金融效率还有待改善。

表4-1 中国各地区金融规模和金融结构(2003—2013)

省份地区	金融规模		金融深化		金融效率	
	均值	中位数	均值	中位数	均值	中位数
安徽	2.12	2.03	0.90	0.89	0.73	0.72
北京	6.65	6.50	2.33	2.41	0.54	0.53
福建	2.18	2.12	0.98	0.92	0.81	0.82
甘肃	2.72	2.81	1.10	1.11	0.68	0.66
广东	2.83	2.89	1.10	1.13	0.63	0.63
广西	1.99	2.03	0.85	0.84	0.75	0.75
贵州	2.64	2.61	1.18	1.21	0.81	0.79
海南	2.83	2.70	1.17	1.17	0.71	0.72
河北	1.93	1.97	0.73	0.75	0.61	0.61
河南	1.72	1.69	0.72	0.70	0.72	0.70
黑龙江	1.91	1.96	0.73	0.71	0.62	0.60
湖北	2.18	2.16	0.90	0.88	0.70	0.68
湖南	1.73	1.75	0.71	0.71	0.70	0.68
吉林	2.06	2.02	0.91	0.87	0.79	0.76
江苏	2.31	2.27	0.98	0.97	0.73	0.74
江西	1.98	2.02	0.80	0.83	0.68	0.67
辽宁	2.55	2.54	1.06	1.06	0.72	0.70
内蒙古	1.53	1.53	0.69	0.68	0.81	0.80
宁夏	2.92	2.95	1.40	1.43	0.92	0.93
青海	2.86	2.85	1.31	1.33	0.85	0.81
山东	1.81	1.85	0.80	0.81	0.80	0.79
山西	2.90	2.87	1.05	1.06	0.58	0.55

省份地区	金融规模		金融深化		金融效率	
	均值	中位数	均值	中位数	均值	中位数
陕西	2.66	2.61	1.03	1.01	0.63	0.62
上海	4.66	4.55	1.89	1.94	0.69	0.68
四川	2.59	2.53	1.04	1.07	0.67	0.64
天津	2.97	2.98	1.35	1.41	0.84	0.81
新疆	2.44	2.53	0.96	0.96	0.65	0.63
云南	2.91	2.77	1.28	1.22	0.79	0.78
浙江	3.23	3.04	1.49	1.38	0.85	0.86
重庆	2.75	2.54	1.22	1.16	0.80	0.80

注：根据《中国金融统计年鉴》和《中国统计年鉴》整理所得。

3. 全要素生产率

根据赫尔普曼等(2004)提出的异质性企业对外直接投资理论,随着企业生产率的提高,企业依次可以选择在国内生产和销售、出口销售和海外直接投资,这说明生产率水平会影响企业的生产和投资决策,所以本书加入企业的全要素生产率作为控制变量。文献一般采用 LP 或者 OP 方法估计企业生产率,但由于2008年之后《工业企业数据库》没有公布企业的中间品投入,因此我们无法采用 LP 或者 OP 方法。参照李磊等(2018)的做法,我们采用面板固定效应方法估计企业的全要素生产率。

4. 资本密集度

根据安特拉斯(2003)的组织生产理论,资本要素密集度越高的企业越倾向于进行直接投资,因此资本要素投入会影响企业对外直接行为。本书加入企业资本密集度作为控制变量,并采用年末固定资产净值与从业人数之比的自然对数作为衡量指标[①]。

[①] 2008年和2009年样本缺少固定资产净值指标,参照李磊等(2018)的做法,2008年和2009年样本采用年末固定资产合计减折旧代替。

5. 企业规模

布洛姆斯特罗姆和利普区(Blomström & Lipsey,1991)指出达到规模经济的企业在进行对外直接投资时更具有竞争优势,所以本书加入企业规模来控制这一效应,并采用从业人数的对数值来作为度量指标。

6. 企业年龄

企业国际化进程从形式上说一个从简单到复杂的过程(约翰逊和瓦尔内,2009)。一般来说,成立时间越久的企业在市场营销、成本控制、品牌和人才管理等方面具有更加成熟的经验,这些经验可以帮助企业更加顺利地适应海外市场,所以我们认为企业年龄的增长有利于企业进入海外市场。因此,本书选择企业年龄来控制生产和管理经验对企业对外直接投资的影响,并使用样本年份减去企业成立年份的自然对数来作为衡量指标。

7. 利润率

企业海外投资需要承担高额的固定资产投资等沉没成本,根据优序融资理论,企业会优先使用自有资金、留存收益等内部资金来满足这一投资需求,所以利润率较高的企业对外直接投资的可能性越大。参照于洪霞等(2011),本书使用企业利润额占企业销售收入的比重作为解释变量来控制企业的利润水平对企业对外直接投资决策的影响。

8. 出口行为

一般来说,出口经验可以帮助企业获取海外投资的知识,有助于企业进行国际直接投资(罗等,2010),因此,跨国公司会在进行对外直接投资之前选择出口到东道国(地区)(孔科尼等,2016)。基于上述分析,本书加入企业出口经历作为控制变量。参照蒋冠宏(2015)的做法,若企业的出口交货值为0,则意味着企业没有出口经验,该变量取0,否则取1。

9. 地理位置和行业虚拟变量

最后,我们根据企业所在省份构造三个地理位置虚拟变量:东部(企业位于东部省份则该变量取值为1,否则取0)、中部(企业位于中部省份则该变量取值为1,否则取0)和西部(企业位于西部省份则该变量取值为1,否则取0)[①]。另外,参照李磊和包群(2015),我们还加入5个二元行业虚拟变量,分别为采矿业(两位行业代码为06-10的企业取值为1,否则取0)、轻工业(两位行业代码为13-24的企业取值为1,否则取0)、化工业(两位行业代码为25-30的企业取值为1,否则取0)、机械制造业(两位行业代码为34-41的企业取值为1,否则取0)和其他行业(两位行业代码不属于上述范围的企业取值为1,否则取0[②])。地理位置和行业虚拟变量分别控制了不随时间变化的地区特征和行业特征对企业对外直接投资决策的影响。

三、数据说明

本书使用的企业对外直接投资数据来自《中国工业企业数据库》和商务部公布的《名录》。《中国工业企业数据库》是中国目前最全面的企业数据库,统计了"规模以上"工业企业[③]和国有企业的企业名称、行业代码、员工人数、所有制类型等基本信息和主营业务收入、工业总产值、资产、负债等财务信息,涵盖了"采掘业""制造业"和"电力、燃气及水的生产和供应业"三个大类行业的企业。其中,制造业企业占比最大,达到90%。商务部统计的《名录》则披露了境外投资企业的境内机构名称、境外投资机构名称、境外投资国家(地区)、主营业务范围、审批时间等信息,但《名录》并没有公布企业的财务数据,无法进行经验分析。所以,我们根据《中国工业企业数据库》中的"企业名称"和《名录》中"境内投资机构名称"进行匹配,进而找到对外直接投资企业的财务数据,由此完善中国对外直接投资企业的数据。

---

① 具体来说,东部地区包括:北京、天津、河北、上海、江苏、浙江、福建、山东、广东和海南;中部地区包括:山西、吉林、黑龙江、安徽、江西、河南、湖北、湖南、辽宁;西部地区包括:四川、重庆、贵州、云南、陕西、甘肃、青海、宁夏、新疆、广西、内蒙古。
② 2002年之前企业行业按照GB/T 4754-1994区分,2002—2011年企业行业按照GB/T 4754-2002区分,2017年10月1日起实施GB/T 4754-2017,但两位行业代码没有区别。
③ 根据《工业企业数据库》的定义,1998—2010年"规模以上"企业指销售额大于500万元的企业;2011—2013年"规模以上"企业指销售额大于2000万元的企业。

表4-2 企业区域分布

地区	企业数	所占比例(%)	对外直接投资企业数	所占比例(%)
东部	1782014	65.71	3688	80.44
中部	626095	23.09	604	13.17
西部	303901	11.21	293	6.39
合计	2712010	100	4585	100

注：笔者根据样本数据整理得到。

本章选择的时间段为2003—2013年。2003年之前，中国企业还未进行大规模对外直接投资，因此，海外投资的企业数量有限。另外，目前可得的中国工业企业数据库数据只更新至2013年，因此本章样本涵盖范围为2003—2013年。同时，虽然工业企业数据库对企业的财务数据进行了详细的披露，但也存在变量大小异常、变量遗漏等漏洞（聂辉华等，2012），这会导致回归结果出现偏差。因此，参照田巍和余淼杰（2012）的做法，本书对异常值进行如下处理：①剔除关键指标缺失、零值或负值的样本[1]。②剔除职工人数小于10的企业样本。同时，考虑西藏地区没有企业参与对外直接投资，所以本书删去西藏地区的企业样本。经过上述处理，我们共得到2003—2013年期间2712010个企业-年度观测值，其中4585个进行对外直接投资的企业-年度观测值，未参加对外直接投资的企业-年度观测值为2707425个。

四、统计描述

表4-2列出了2003—2013年期间总样本企业和参与直接投资企业的区域分布。可以看出，样本中65.71%的企业位于东部地区，而仅有11.21%的样本企业位于西部地区，这是因为，东部地区经济较为发达，市场制度较为健全，企业也更愿意在东部地区设立厂房进行生产经营。同时，东部地区参与直接投资的企业占比最大，超过80%的对外直接投资企业位于东部地区，而西部地区

---

[1] 关键指标包括总资产、固定资产净值、职工人数、销售额、工业总产值。

的对外直接投资企业仅占总数的 6.39%。产生这一现象的原因可能是,位于东部沿海地区的企业发展较快,能够较早进入国际市场,积累了较为丰富的海外投资经验,这些海外市场经验帮助企业减少了在"走出去"过程中面临的阻力。

表4-3 各变量描述性统计

中国金融发展变量					
变量名称	样本容量	均值	标准差	最小值	最大值
金融发展规模	330	2.618	0.993	1.288	7.302
金融深化	330	1.089	0.372	0.537	2.585
金融效率	330	0.727	0.105	0.471	1.042
企业变量					
变量名称	样本容量	均值	标准差	最小值	最大值
对外直接投资决策	9170	0.5	0.5	0	1
融资约束	9170	-3.095	0.628	-6.764	2.700
全要素生产率	9170	0.257	0.971	-6.860	5.509
资本密集度	9170	4.171	1.555	-3.905	15.540
企业规模	9170	5.539	1.321	2.303	11.800
企业年龄	9170	2.015	0.831	0	4.673
利润率	9170	0.060	0.385	-19.940	17.930
出口行为	9170	0.051	0.221	0	1

注:笔者整理。

一般来说,文献采用二元选择模型考察企业的对外直接投资决策问题(耶普尔,2009;葛顺奇和罗伟,2013)。但考虑到参与对外直接投资的企业占比并不大(0.17%),直接使用二元选择模型会产生误差。因此,参照金洪飞和万兰兰(2014)的做法,本章采用基于选择的抽样法对检验结果进行修正。具体来说,对于未进行对外直接投资的企业样本,本书采用不放回抽样的方法从未进行对外直接投资的企业样本中随机抽取 4585 条观测值作为研究样本。由此,本书得到 9170 个企业-年度观测值,其中被解释变量对外直接投资决策($ofdi_{ijt}$)取 1 和取 0 的概率相等。表 4-3 列出了主要变量的描述性统计。

表4-4 对外投资企业与非对外投资企业主要指标差异

对外直接投资企业					
变量名称	样本容量	均值	标准差	最小值	最大值
融资约束	4585	-2.863	0.702	-6.698	2.700
全要素生产率	4585	0.514	0.956	-6.860	5.509
资本密集度	4585	4.538	1.527	-1.810	15.540
利润率	4585	0.084	0.437	-9.821	17.930
金融发展规模	4585	2.818	1.007	1.288	7.302
金融深化	4585	1.198	0.394	0.537	2.585
金融效率	4585	0.751	0.099	0.471	1.017
非对外直接投资企业					
变量名称	样本容量	均值	标准差	最小值	最大值
融资约束	4585	-3.327	0.434	-6.764	-0.516
全要素生产率	4585	0.001	0.918	-6.649	4.092
资本密集度	4585	3.804	1.496	-3.905	11.550
利润率	4585	0.036	0.322	-19.940	2.194
金融发展规模	4585	2.554	0.837	1.288	7.302
金融深化	4585	1.069	0.341	0.537	2.585
金融效率	4585	0.727	0.092	0.471	1.017

注：笔者整理。

接下来,我们初步比较一下中国对外直接投资企业和非对外直接投资企业的表现,表4-4列出了对外直接投资企业与非对外直接投资企业的主要指标差异。可以发现,不管从企业特征还是所在省份特征角度来说,具有海外投资经验的企业都有别于未进行海外投资的企业。具体如下。第一,对外直接投资企业所面临的融资约束普遍小于非对外直接投资企业。对外直接投资的企业所面临的融资约束指标均值为 -2.86,而这一指标在非对外直接投资企业样本中的均值为 -3.33。这一结果可能说明企业融资能力的提高有助于其进行对外直接投资。第二,相较于非对外直接投资企业,对外直接投资企业的生产率更高、资本密集度更大、利润率更可观,这说明生产率更高、资本密集度更大、利润率更高的企业更有可能进行对外直接投资,这一观点与赫尔普曼等(2004)的结论一致。第三,不论从金融规模和金融深化,还是从金融效率的维度来看,进行对外直接投资企业所在省份的金融发展水平均值均高于非对外直接投资企业所在省份的金融发展水平均值,这一结果可能意味着中国金融发展能够促进企业进行海外直接投资。

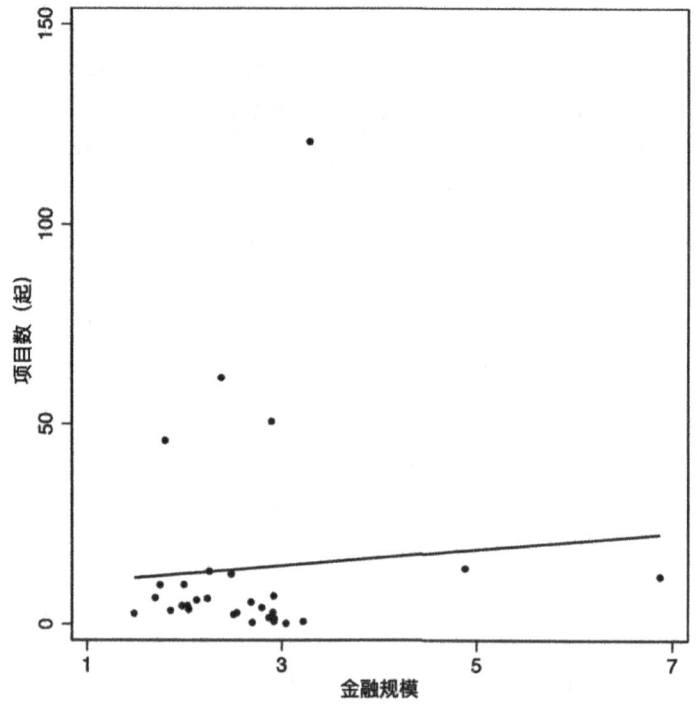

图4-2 中国金融规模与企业对外直接投资(2003—2013)

注:笔者根据《中国金融统计年鉴》《中国统计年鉴》《中国工业企业数据库》和《名录》数据整理。

图4-2列出了2003—2013年各省份金融发展规模与企业对外直接投资数量之间的关系。其中,横轴表示2003—2013年期间中国各省份金融发展规模的均值,纵轴表示2003—2013年期间该省份企业进行对外直接投资项目数量的均值。可以看出,从金融规模的维度来看,中国金融发展水平与该省份对外直接投资项目数量之间呈现正向的相关关系。图4-2和图4-3分别列出了

金融深化与金融效率与该省份对外直接投资项目数量的关系,结论与上述情况类似。综合来说,中国金融发展水平与企业对外直接投资项目数量之间的正向关系可能表明中国金融发展水平的提高可以促进中国企业进行对外直接投资。在接下来的一节内容中,我们将进行更加全面的经验研究,检验这一假设的正确性。

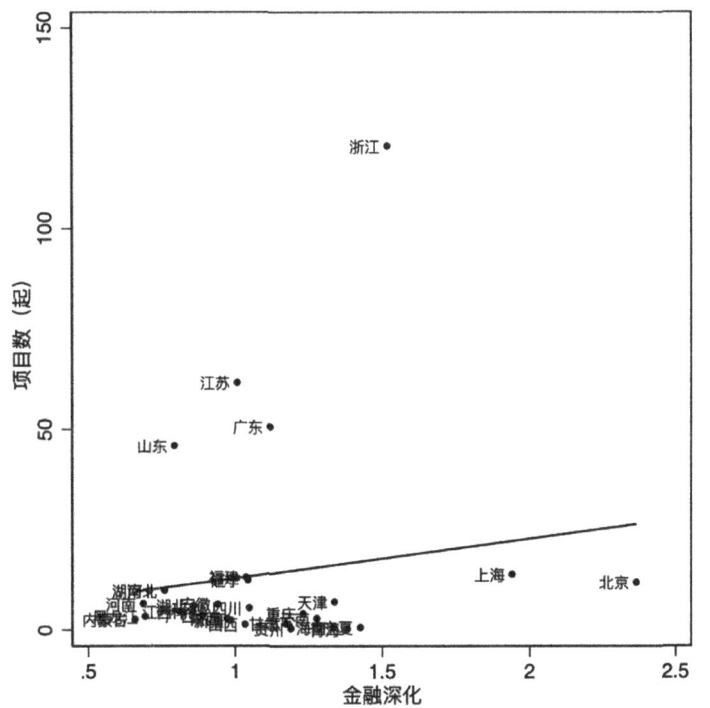

图4-2　地区金融深化与企业对外直接投资(2003—2013)

注:横轴表示2003—2013年期间中国各省份金融深化的均值,纵轴表示2003—2013年期间该省份企业进行对外直接投资项目数量的均值。数据是笔者根据《中国金融统计年鉴》《中国统计年鉴》《中国工业企业数据库》和《名录》数据整理而来。

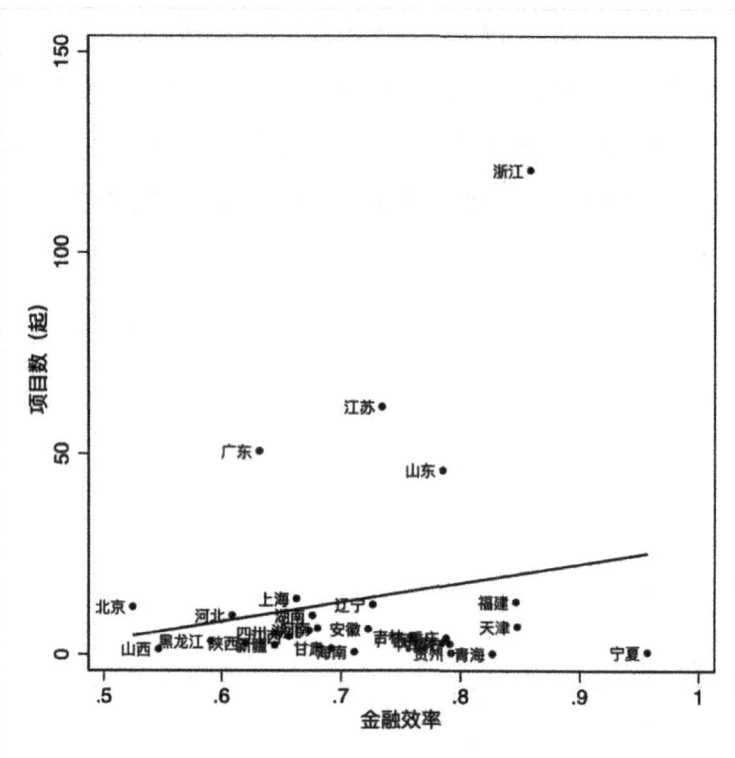

图4-3 地区金融效率与企业对外直接投资(2003—2013)

注:横轴表示2003—2013年期间中国各省份金融深化的均值,纵轴表示2003—2013年期间该省份企业进行对外直接投资项目数量的均值。数据是笔者根据《中国金融统计年鉴》《中国统计年鉴》《中国工业企业数据库》和《名录》数据整理而来。

第三节 经验分析结果

一、全样本检验结果

表4-5列出了全样本检验结果。模型(1)不包括控制变量,仅考察企业融资约束对其对外直接投资决策的影响。可以看出,企业融资约束的系数估计值为1.815,且在1%水平下显著为正,这说明中国企业面临的融资约束会阻碍企

业进行对外直接投资。因此,企业融资能力的提高可以促进其进行对外直接投资。模型(2)在模型(1)的基础上加入了企业层面控制变量、地区和行业虚拟变量和时间固定效应,可以看出,企业融资约束的系数估计值有所下降,但其显著性并未发生改变,这一结果表明中国企业的对外直接投资决策并不仅仅受融资约束的影响,也受到企业全要素生产率、利润率、资本密集度等其他因素的影响。控制变量中,全要素生产率的系数估计值为正,且在1%显著性水平下统计显著,这说明全要素生产率的提高可以促进中国企业进行对外直接投资。资本密集度的系数估计值也显著为正,这一结果表明企业资本密集度的提高可以促进中国企业进行对外直接投资,这也与金晓梅等(2019)得出的结论一致。企业规模的系数显著为正,这符合规模经济是企业海外投资竞争优势的这一论点。另外,企业利润率的系数在10%显著性水平下显著为正,这证实了企业利润率的提高可以帮助其进行对外直接投资。

接下来,我们考察中国金融发展水平对中国企业对外直接投资的影响。模型(3)、(4)、(5)在模型(2)的基础上加入了中国金融发展和企业融资约束交互项,分别检验金融发展规模、金融深化和金融效率对具有融资差异企业对外直接投资决策的影响。从检验结果中可以看出,在各个维度下,中国金融发展和企业融资约束指标的交互项(即融资约束 × 金融发展规模,融资约束 × 金融深化,融资约束 × 金融效率)系数均为负,且在1%显著性水平下具有统计显著性,这说明中国金融发展水平的提高可以通过缓解企业融资约束从而提高企业对外直接投资的可能性。比较模型(3)、(4)、(5)的结果可以发现,不同维度的金融发展水平对企业融资约束的缓解作用存在差异,金融效率与融资约束交互项系数估计值的绝对值最大,而金融规模与融资约束交互项系数估计值的绝对值最小,这说明中国金融效率对中国企业融资约束的缓解作用最大,金融深化的影响次之,金融规模的缓解作用最小。这一结果表明单单金融规模的扩大并不能显著增加中国企业外源资金的可获得性,而信贷市场资金配置效率的提升对中国企业融资约束的缓解作用最为直接。

表4-5 全样本检验结果

变量	模型(1)	模型(2)	模型(3)	模型(4)	模型(5)
融资约束	1.815***	1.277***	1.329***	1.389***	2.139***
	(31.669)	(13.082)	(13.557)	(14.142)	(17.547)
融资约束 × 金融发展规模			-0.045***		
			(-4.462)		
融资约束 × 金融深化				-0.205***	
				(-8.077)	
融资约束 × 金融效率					-1.117***
					(-12.324)
全要素生产率		0.292***	0.309***	0.325***	0.293***
		(9.327)	(9.784)	(10.235)	(9.269)
资本密集度		0.152***	0.161***	0.169***	0.145***
		(6.785)	(7.185)	(7.489)	(6.403)
企业规模		0.454***	0.470***	0.485***	0.464***
		(14.447)	(14.853)	(15.267)	(14.594)
企业年龄		0.485***	0.452***	0.430***	0.507***
		(10.186)	(9.417)	(8.960)	(10.559)
利润率		0.277**	0.289***	0.295***	0.279**
		(2.544)	(2.669)	(2.718)	(2.483)
出口行为		1.109***	1.091***	1.056***	1.027***
		(6.372)	(6.254)	(6.022)	(5.850)
常数项	5.668***	-4.908***	-5.177***	-5.382***	-4.870***
	(31.128)	(-8.931)	(-9.353)	(-9.706)	(-8.838)
年份固定效应	无	控制	控制	控制	控制
地区虚拟变量	无	控制	控制	控制	控制
行业虚拟变量	无	控制	控制	控制	控制
样本容量	9170	9170	9170	9170	9170
LR统计量	1566	3641	3662	3708	3798
对数似然值	-5573	-4535	-4525	-4502	-4457
伪R^2	0.123	0.286	0.288	0.292	0.299

注：括号里为系数的Z值。***、**和*分别表示在1%、5%和10%水平上通过检验。

二、异质性检验结果

考虑到中国企业的特殊性以及新兴市场经济国家特征,本节还考虑了中国企业所在行业的要素结构以及投资动机等因素对中国企业对外直接投资的影响,试图挖掘中国企业对外直接投资的"特殊性"。

(一)要素结构差异的异质性检验结果

对于发展中经济体来说,参与长期合同与分包合作等劳动密集型环节是企业进行海外投资的主要途径(杨连星和罗玉辉,2017)。此外,克罗泽特和特里奥费蒂(Crozet & Trionfetti,2013)指出企业的异质性也有一部分来自要素结构的差异,所以本章首先根据企业所在行业的要素结构进行异质性检验。具体来说,本章将所有样本企业按劳动密集度和资本密集度[①]进行排序,各取前25%分位样本作为资本密集型企业和劳动密集型企业分别进行回归,进而比较中国金融发展程度对资本密集型和劳动密集型对外直接投资企业融资约束缓解作用的差异。

首先,表4-6列出了资本密集型样本企业和劳动密集型样本企业主要指标的差异。可以发现,样本中资本密集型企业和劳动密集型企业有一定相似之处:这两类企业的生产率水平相当,且面临的融资约束差异不大。但这两类企业并非完全类似,不同之处在于,相较于资本密集型企业,劳动密集型企业的成立年限更长、出口经验更为丰富。接下来,本节将基于要素结构差异进行分样本检验,其结果列于表4-7中。

---

① 本书用从业工人数衡量企业的劳动密集度,用年末固定资产净值与从业人数之比衡量企业的资本密集度。

表4-6 资本密集型企业和劳动密集型企业主要指标差异

资本密集型				
变量	均值	标准差	最小值	最大值
融资约束	-2.64	0.80	-6.17	2.70
全要素生产率	0.62	1.09	-6.86	5.51
资本密集度	6.08	1.04	5.07	15.54
企业规模	5.89	1.60	2.30	11.80
企业年龄	2.20	0.85	0	4.67
利润率	0.10	0.63	-9.82	17.93
出口行为	0.02	0.15	0	1
劳动密集型				
变量	均值	标准差	最小值	最大值
融资约束	-2.64	0.84	-6.22	2.70
全要素生产率	0.61	0.87	-3.51	3.69
资本密集度	4.57	1.37	-1.78	11.11
企业规模	7.28	0.91	6.27	11.80
企业年龄	2.41	0.78	0	4.67
利润率	0.11	0.61	-9.82	17.93
出口行为	0.07	0.25	0	1

注：笔者整理。

观察表4-7，我们得到如下结论。

第一，中国金融发展水平对不同要素结构企业融资约束的缓解作用具有差异性。模型（1）、（2）、（3）中，中国金融发展水平与企业融资约束的交互项系数估计值为负，但这一系数在10%水平下并不具有统计显著性；而模型（4）、（5）、（6）中这一交互项在1%水平下显著为负。这一结果说明金融发展水平的提高可以改善劳动密集型企业的融资约束从而促进其进行对外直接投资，但这一机制在资本密集型企业中并不显著存在。本书认为这一现象的产生与中国的要素禀赋有关，中国劳动力充裕而资本稀缺，劳动密集型企业在海外投资方面具有竞争优势（文东伟和冼国明，2014），银行等金融机构对此类企业倾斜较大，这就导致了中国金融发展对劳动密集型企业的影响更大。

第二,不管是在资本密集型企业的分样本结果还是在劳动密集型企业的分样本结果中,金融效率对中国企业对外直接投资的融资约束缓解作用最为显著,金融规模对中国对外直接投资企业融资约束的影响最小,这一结论与表4-5的全样本估计结论一致。

表4-7 要素结构差异的检验结果

变量	资本密集型			劳动密集型		
	模型(1)	模型(2)	模型(1)	模型(4)	模型(5)	模型(6)
融资约束	1.555*** (8.966)	1.573*** (9.019)	1.673*** (7.315)	0.883*** (5.163)	0.948*** (5.530)	1.390*** (6.269)
融资约束 × 金融发展规模	-0.029 (-1.315)			-0.062** (-2.329)		
融资约束 × 金融深化		-0.091 (-1.569)			-0.237*** (-3.548)	
融资约束 × 金融效率			-0.240 (-1.120)			-0.892*** (-4.155)
全要素生产率	0.322*** (5.148)	0.322*** (5.164)	0.311*** (4.986)	0.378*** (4.702)	0.380*** (4.741)	0.322*** (4.021)
资本密集度	-0.083 (-1.025)	-0.082 (-1.003)	-0.082 (-1.009)	0.136** (2.316)	0.140** (2.376)	0.132** (2.244)
企业规模	0.206*** (3.066)	0.208*** (3.094)	0.199*** (2.970)	0.432*** (3.667)	0.458*** (3.867)	0.446*** (3.788)
企业年龄	0.844*** (8.524)	0.843*** (8.520)	0.868*** (8.831)	0.469*** (4.075)	0.452*** (3.914)	0.483*** (4.214)
利润率	0.310** (2.506)	0.310** (2.501)	0.302** (2.387)	0.217* (1.835)	0.220* (1.859)	0.190 (1.630)
出口行为	1.163** (2.181)	1.161** (2.176)	1.174** (2.214)	0.839* (1.863)	0.783* (1.728)	0.836* (1.887)

变量	资本密集型			劳动密集型		
	模型(1)	模型(2)	模型(1)	模型(4)	模型(5)	模型(6)
常数项	-1.729 (-1.373)	-1.774 (-1.408)	-1.705 (-1.361)	-5.551*** (-4.330)	-5.809*** (-4.513)	-5.678*** (-4.484)
年份固定效应	控制	控制	控制	控制	控制	控制
地区虚拟变量	控制	控制	控制	控制	控制	控制
行业虚拟变量	控制	控制	控制	控制	控制	控制
样本容量	2292	2292	2292	2292	2292	2292
LR 统计量	495.4	503	507.1	495.4	503	507.1
对数似然值	-920.5	-916.7	-914.7	-920.5	-916.7	-914.7
伪 R^2	0.212	0.215	0.217	0.212	0.215	0.217

注：括号里为系数的 Z 值。***、**和*分别表示在1%、5%和10%水平上通过检验。

(二)投资动因异质性检验结果

企业对外直接投资具有不同动因,投资动因的差异可能会影响中国企业的海外投资行为(吴先明和黄春桃,2016)。从投资动因的角度来看,中国企业对外直接投资可以区分为逆向投资和顺向投资。具体而言,逆向投资是指中国企业对发达国家的直接投资,而顺向投资指中国企业对发展中国家的直接投资。吴先明和黄春桃(2016)的研究指出,进行逆向投资的中国企业往往出于市场寻求、战略资源寻求等动因,而进行顺向投资的中国企业则一般出于自然资源寻求、效率寻求等动机。具有不同投资动因的企业所需的金融服务有所不同,例如,逆向投资的东道国(地区)一般为发达国家,此时中国企业进入海外市场时面临较高的进入门槛,这就需要金融机构提供丰富的金融产品进而帮助企业获得充足的资金支持;而顺向投资的东道国(地区)一般为发展中国家,这些国家政治制度风险较高,这类投资项目大多具有较强的政策倾向性,因而顺向投资的中国企业可能对外部融资环境关注度较低。上述分析说明中国金融发展对具有不同投资动机企业的影响可能会有所不同,出于这一考虑,本节将被解释变量分为是否向发达国家进行投资和是否向发展中国家进行投资两类①分别进行回归。根据样本统计结果,2003—2013年期间,中国企业在发展中国家进行的对外直接投资次数为3036次,在发达国家进行的对外直接投资次数为1492次。表4-8列出了基于投资动因差异的异质性检验结果,

表4-8 投资动因差异的检验结果

变量	是否向发达国家进行投资			是否向发展中国家进行投资		
	模型(1)	模型(2)	模型(3)	模型(4)	模型(5)	模型(6)
融资约束	0.058 (0.713)	0.143* (1.720)	0.681*** (6.031)	0.428*** (5.529)	0.449*** (5.777)	0.711*** (7.046)
融资约束 × 金融发展规模	-0.075*** (-7.205)			0.003 (0.261)		
融资约束 × 金融深化		-0.272*** (-9.925)			-0.026 (-1.083)	
融资约束 × 金融效率			-1.013*** (-9.436)			-0.368*** (-4.249)
全要素生产率	0.041 (1.137)	0.054 (1.482)	0.011 (0.299)	0.306*** (10.129)	0.311*** (10.283)	0.307*** (10.182)
资本密集度	0.154*** (5.932)	0.159*** (6.098)	0.136*** (5.165)	0.118*** (5.513)	0.120*** (5.629)	0.115*** (5.395)
企业规模	0.252*** (7.450)	0.267*** (7.838)	0.234*** (6.918)	0.305*** (10.594)	0.310*** (10.760)	0.307*** (10.699)
企业年龄	0.002 (0.047)	-0.015 (-0.285)	0.053 (1.018)	0.156*** (3.556)	0.148*** (3.384)	0.160*** (3.669)
利润率	0.029 (0.410)	0.027 (0.387)	0.037 (0.493)	-0.005 (-0.072)	-0.005 (-0.074)	-0.002 (-0.033)
出口行为	1.244*** (5.650)	1.202*** (5.443)	1.186*** (5.390)	0.419** (2.371)	0.408** (2.309)	0.380** (2.149)

① 发达国家按照联合国标准界定。

变量	是否向发达国家进行投资			是否向发展中国家进行投资		
	模型(1)	模型(2)	模型(3)	模型(4)	模型(5)	模型(6)
常数项	-7.747*** (-13.258)	-7.864*** (-13.388)	-7.476*** (-12.949)	-6.098*** (-9.421)	-6.156*** (-9.514)	-6.084*** (-9.422)
年份固定效应	控制	控制	控制	控制	控制	控制
地区虚拟变量	控制	控制	控制	控制	控制	控制
行业虚拟变量	控制	控制	控制	控制	控制	控制
样本容量	9170	9170	9170	9170	9170	9170
LR 统计量	692.9	740.3	735.7	1769	1770	1787
对数似然值	-3726	-3703	-3705	-4938	-4937	-4929
伪 R^2	0.085	0.091	0.090	0.152	0.152	0.153

注：括号里为系数的Z值。***、**和*分别表示在1%、5%和10%水平上通过检验。

观察表4-8我们可以看出，在发达国家的分样本检验结果中，不管从中国各省份金融发展规模，还是从金融深化、金融效率维度看，三类中国金融发展指标与企业融资约束的交互项在1%的水平下均显著为负，这一结果表明，在向发达国家投资的企业样本中，中国金融发展通过缓解企业融资约束从而促进中国企业海外投资这一渠道显著存在。但在发展中国家的分样本回归结果中，金融规模和金融深化与企业融资约束的交互项估计值分别为0.03和-0.026，但均未通过10%的显著性水平检验，这一结果表明中国金融规模的扩大或者金融深化程度的提高并不影响中国企业在发展中国家的直接投资决策。另一方面，金融效率与企业融资约束的交互项估计值为-0.368，且在1%显著性水平下统计显著，这说明虽然中国金融规模扩大或者深化程度提高对中国企业在发展中国家直接投资决策没有融资约束缓解作用，但中国金融效率的提高可以通过缓解企业融资约束从而促进其在发展中国家的直接投资。综合比较模型(1)、(2)、(3)和模型(4)、(5)、(6)的检验结果可以发现，相较于在发达国家投资的中国企业，在发展中国家投资的中国企业受到中国金融发展的影响更小。我们认为产生这一现象可能的原因是中国对一些发展中国家的直接投资带有一定的援助性质,不仅会受到外部融资环境等市场因素的影响,而且也容易受到政策、制度等其他非市场因素的影响。

三、稳健性检验结果

为了保证结果的稳健性,本节进一步采用企业对外直接投资的其他度量、内生性检验和重复抽样进行再检验。

(一)企业对外直接投资的其他度量

上述研究中,本书考察了中国金融发展对中国企业对外直接投资决策的影响,但值得注意的是,企业的对外直接投资决策过程不仅包括单一项目的设立,还包括投资项目的增加。为了探讨企业融资能力对投资项目数量的影响,本节根据商务部发布的《名录》,整理出每年企业对外直接投资次数作为被解释变量。由于企业对外直接投资次数为非负整数,故本书采用泊松计数模型进行回归检验,其结果列于表4-9中。可以看出,模型(1)、(2)、(3)中,企业融资约束的估计系数为正,且均在1%的显著性水平下统计显著,这说明企业面临的融资约束会降低其海外投资的项目数量。另外,企业融资约束和中国金融发展水平的交互乘积项均在1%的显著性水平下显著为负,这说明中国金融发展程度的提高可以通过缓解企业的融资约束从而提升中国企业海外投资的项目数量。类似于表4-5,我们发现中国金融效率通过缓解融资约束正向提升投资项目的作用最为明显,而金融发展规模扩大带来的融资约束缓解和投资促进作用最弱。

表4-9 对外直接投资项目检验结果

变量	对外直接投资项目		
	模型(1)	模型(2)	模型(3)
融资约束	0.102***	0.140***	0.360***
	(2.907)	(3.944)	(7.284)
融资约束 × 金融发展规模	-0.029***		
	(-5.768)		
融资约束 × 金融深化		-0.110***	
		(-8.385)	
融资约束 × 金融效率			-0.440***
			(-8.664)
全要素生产率	0.152***	0.157***	0.144***
	(8.950)	(9.242)	(8.451)
资本密集度	0.111***	0.113***	0.104***
	(9.256)	(9.404)	(8.662)
企业规模	0.228***	0.234***	0.225***
	(15.232)	(15.541)	(15.152)
企业年龄	0.030	0.023	0.043*
	(1.260)	(0.979)	(1.818)
利润率	0.120***	0.117***	0.130***
	(6.576)	(6.481)	(7.086)
出口行为	0.750***	0.730***	0.726***
	(6.844)	(6.660)	(6.608)
常数项	-4.907***	-4.948***	-4.883***
	(-17.897)	(-18.008)	(-17.977)
年份固定效应	控制	控制	控制
地区虚拟变量	控制	控制	控制
行业虚拟变量	控制	控制	控制
样本容量	9170	9170	9170
LR 统计量	2255	2291	2299
对数似然值	-7947	-7929	-7925
伪 R^2	0.124	0.126	0.127

注：括号里为系数的Z值。***、**和*分别表示在1%、5%和10%水平下显著。

(二)内生性问题

现有研究表明企业海外投资行为可能对生产率、利润率等产生影响(肖慧敏和刘辉煌,2014),这一现象可能引起内生性问题。为了克服样本可能存在的内生性,本书将企业全要素生产率、企业规模、资本密集度、利润率等变量取滞后一期进行回归,其结果列于表4-10的模型(1)、(2)、(3)中①。可以看出,与表4-5的基准回归结果相比,关键系数估计值的大小和显著性没有发生明显变化,说明本书得到的结论具有一定的稳健性。

表4-10 内生性检验结果

变量	内生性检验		
	模型(1)	模型(2)	模型(3)
融资约束	1.385***	1.462***	2.274***
	(12.917)	(13.565)	(16.911)
融资约束 × 金融发展规模	-0.039***		
	(-3.687)		
融资约束 × 金融深化		-0.195***	
		(-7.299)	
融资约束 × 金融效率			-1.203***
			(-12.183)
全要素生产率	0.258***	0.271***	0.244***
	(7.166)	(7.478)	(6.738)
资本密集度	0.153***	0.159***	0.140***
	(6.055)	(6.254)	(5.434)
企业规模	0.504***	0.521***	0.503***
	(14.417)	(14.826)	(14.277)
企业年龄	0.388***	0.367***	0.440***
	(7.853)	(7.446)	(8.840)
利润率	0.309**	0.322**	0.307**
	(2.118)	(2.200)	(1.960)

---

① 由于将所有解释变量取滞后一期,样本容量减少至7162个。

变量	内生性检验		
	模型 (1)	模型 (2)	模型 (3)
出口行为	1.310***	1.257***	1.330***
	(6.163)	(5.901)	(6.189)
常数项	-4.173***	-4.302***	-3.893***
	(-7.370)	(-7.593)	(-6.792)
年份固定效应	控制	控制	控制
地区虚拟变量	控制	控制	控制
行业虚拟变量	控制	控制	控制
样本容量	7162	7162	7162
LR 统计量	2470	2511	2611
对数似然值	-3727	-3707	-3657
伪 R^2	0.249	0.253	0.263

注：括号里为系数的 Z 值。***、** 和 * 分别表示在 1%、5% 和 10% 水平下显著。

(三) 重复抽样

为了检验上述结果的稳健性，对于未参加对外直接投资的样本，本书采用不放回的抽样方法重复抽样 5 次，将其与参加对外直接投资的样本放在一起进行回归，结果列于表 4-11 中。结果表明，模型（1）、（2）、（3）中，中国金融发展与企业融资约束的交互项均显著为负，且三类交互项的系数估计值与表 4-5 并无显著差异。基于要素结构的异质性检验结果表明，中国金融发展可以通过缓解中国企业融资约束从而促进其对外直接投资，且这一效应在劳动密集型企业中更为显著，这一结论与表 4-7 的结论一致。基于投资动因的异质性检验结果与表 4-8 的结论一致。总体而言，上述结果表明本书基于选择的抽样法得到的经验结果具有稳健性。

表 4-11 稳健性检验：重复抽样检验

Panel A

	全样本回归			劳动密集型			资本密集型			ofdi developed			ofdi developing		
	模型(1)	模型(2)	模型(3)	模型(4)	模型(5)	模型(6)	模型(7)	模型(8)	模型(9)	模型(10)	模型(11)	模型(12)	模型(13)	模型(14)	模型(15)
	size	depth	efficiency	size	depth	efficiency	size	depth	efficiency	size	depth	efficiency	size	depth	efficiency
SA	1.484***	1.544***	2.281***	1.055***	1.127***	1.739***	1.556***	1.590***	1.897***	0.056	0.142*	0.669***	0.457***	0.475***	0.717***
	(14.698)	(15.248)	(18.184)	(6.129)	(6.508)	(7.767)	(8.519)	(8.624)	(8.056)	(0.684)	(1.709)	(5.901)	(5.849)	(6.045)	(7.039)
SA×fin false	-0.030***	-0.163***	-1.051***	-0.007	-0.106*	-1.001***	-0.004	-0.047	-0.488***	-0.067***	-0.251***	-0.973***	0.011	-0.002	-0.316***
	(-3.022)	(-6.562)	(-11.633)	(-0.296)	(-1.728)	(-4.703)	(-0.183)	(-0.805)	(-2.273)	(-6.551)	(-9.277)	(-9.083)	(1.134)	(-0.097)	(-3.663)
控制变量	有	有	有	有	有	有	有	有	有	有	有	有	有	有	有
对数似然值	-4475	-4458	-4410	-907.8	-906.3	-896.6	-907.8	-906.3	-896.6	-3730	-3708	-3708	-4921	-4 22	-4915

表 4-11 稳健性检验：重复抽样检验（续 1）

Panel B 第一次抽样

	全样本回归			劳动密集型			资本密集型			ofdi developed			ofdi developing		
	模型(1)	模型(2)	模型(3)	模型(4)	模型(5)	模型(6)	模型(7)	模型(8)	模型(9)	模型(10)	模型(11)	模型(12)	模型(13)	模型(14)	模型(15)
SA	1.353***	1.413***	2.152***	1.097***	1.162***	1.600***	1.379***	1.427***	1.771***	0.056	0.142*	0.666***	0.409***	0.426***	0.674***
	(13.632)	(14.205)	(17.396)	(6.377)	(6.748)	(7.256)	(7.847)	(8.040)	(7.662)	(0.686)	(1.705)	(5.863)	(5.229)	(5.428)	(6.635)
SA×fin false	-0.027***	-0.156***	-1.059***	-0.040	-0.174**	-0.846***	-0.017	-0.093	-0.590***	-0.065***	-0.247***	-0.972***	0.013	0.003	-0.321***
	(-2.739)	(-6.294)	(-11.687)	(-1.606)	(-2.779)	(-4.006)	(-0.785)	(-1.618)	(-2.775)	(-6.412)	(-9.116)	(-9.069)	(1.356)	(0.120)	(-3.715)
控制变量	有	有	有	有	有	有	有	有	有	有	有	有	有	有	有
对数似然值	-4526	-4509	-4459	-926.3	-923.6	-919.5	-1012	-1011	-1009	-3729	-3708	-3706	-4942	-4943	-4936

Panel C 第二次抽样

	模型(1)	模型(2)	模型(3)	模型(4)	模型(5)	模型(6)	模型(7)	模型(8)	模型(9)	模型(10)	模型(11)	模型(12)	模型(13)	模型(14)	模型(15)
SA	1.486***	1.544***	2.253***	1.206***	1.259***	1.610***	1.624***	1.656***	1.776***	0.119	0.202**	0.730***	0.490***	0.509***	0.749***
	(15.039)	(15.595)	(18.431)	(7.007)	(7.331)	(7.377)	(9.214)	(9.339)	(7.692)	(1.474)	(2.459)	(6.513)	(6.398)	(6.618)	(7.514)
SA×fin false	-0.036***	-0.179***	-1.070***	-0.065**	-0.232***	-0.802***	-0.040*	-0.133**	-0.334	-0.068***	-0.254***	-1.000***	0.008	-0.011	-0.330***
	(-3.669)	(-7.169)	(-11.768)	(-2.435)	(-3.494)	(-3.744)	(-1.798)	(-2.276)	(-1.538)	(-6.683)	(-9.399)	(-9.296)	(0.799)	(-0.446)	(-3.808)
控制变量	有	有	有	有	有	有	有	有	有	有	有	有	有	有	有
对数似然值	-4509	-4490	-4445	-914.8	-911.5	-910.9	-989.4	-988.4	-989.9	-3727	-3705	-3704	-4940	-4940	-4933

第三次抽样

表 4-11 稳健性检验：重复抽样检验（续 2）

	全样本回归			劳动密集型			资本密集型			ofdideveloped			ofdideveloping		
	模型(1)	模型(2)	模型(3)	模型(4)	模型(5)	模型(6)	模型(7)	模型(8)	模型(9)	模型(10)	模型(11)	模型(12)	模型(13)	模型(14)	模型(15)
Panel D							第四次抽样								
SA	1.488***	1.542***	2.333***	1.211***	1.278***	1.838***	1.452***	1.492***	1.855***	0.064	0.148*	0.702***	0.460***	0.478***	0.754***
	(14.881)	(15.388)	(18.701)	(7.080)	(7.442)	(8.198)	(8.131)	(8.291)	(7.972)	(0.797)	(1.804)	(6.225)	(5.933)	(6.141)	(7.458)
SA×fin false	-0.024**	-0.153***	-1.111***	-0.019	-0.139**	-0.971***	-0.018	-0.087	-0.625***	-0.065***	-0.248***	-1.002***	0.013	-0.001	-0.364***
	(-2.455)	(-6.232)	(-12.233)	(-0.796)	(-2.215)	(-4.458)	(-0.776)	(-1.446)	(-2.857)	(-6.454)	(-9.246)	(-9.324)	(1.363)	(-0.037)	(-4.208)
控制变量	有	有	有	有	有	有	有	有	有	有	有	有	有	有	有
对数似然值	-4493	-4477	-4419	-906.2	-904	-896.5	-979.6	-978.9	-975.8	-3729	-3707	-3704	-4934	-4935	-4926
Panel E							第五次抽样								
SA	1.337***	1.395***	2.150***	1.006***	1.051***	1.445***	1.585***	1.598***	1.663***	0.042	0.125	0.675***	0.407***	0.427***	0.698***
	(13.482)	(14.040)	(17.575)	(5.821)	(6.078)	(6.567)	(8.788)	(8.832)	(7.236)	(0.510)	(1.496)	(5.987)	(5.204)	(5.440)	(6.930)
SA×fin false	-0.030***	-0.168***	-1.114***	-0.034	-0.142**	-0.749***	-0.035	-0.102*	-0.223	-0.064***	-0.247***	-1.012***	0.009	-0.009	-0.369***
	(-3.121)	(-6.836)	(-12.386)	(-1.380)	(-2.282)	(-3.502)	(-1.565)	(-1.741)	(-1.028)	(-6.368)	(-9.208)	(-9.479)	(0.972)	(-0.390)	(-4.294)
控制变量	有	有	有	有	有	有	有	有	有	有	有	有	有	有	有
对数似然值	-4510	-4491	-4436	-921.1	-919.4	-915.9	-979.3	-979.6	-980.3	-3727	-3705	-3699	-4929	-4930	-4920

注：括号里为系数的 Z 值。***、** 和 * 分别表示在 1%、5% 和 10% 水平下显著。上述所有回归均考虑全要素生产率、资本密集度、企业规模、企业年龄、利润率、出口行为、年份固定效应、地区和行业虚拟变量，囿于篇幅限制，在此不再列出。如有需要，可向笔者索取。

第四节 小 结

第三章的理论机制分析指出,跨国企业面临的融资约束会提高企业进入海外市场的门槛,从而阻碍了中国企业进行对外直接投资,本章验证了上述理论的有效性。基于《中国工业企业数据库》和商务部《名录》的合并数据,本章构建 SA 指数衡量企业融资能力,考察了融资约束对中国企业直接投资决策的影响,研究结论证实企业融资能力的提高可以促进其进行海外直接投资。

接着,本章从金融规模、金融深化和金融效率三个维度检验了中国各省份金融发展通过缓解融资约束从而促进中国企业对外直接投资这一机制的有效性。研究结论指出:中国金融发展水平的提高可以通过提升企业融资能力从而促进其进行对外直接投资,这是因为金融规模的扩大可以提升企业外部资金的可获得性,而金融效率的提升可以优化社会资源配置效率,改善企业的外部融资环境。在这一结论的基础上,本章考察了金融发展的三个维度对纾解企业融资约束影响的差异性。结果表明,金融效率对中国对外直接投资企业的融资约束缓解作用最为明显,金融深化的缓解作用次之,金融规模的影响规模最小。

在全样本回归的基础上,本章进行了两类异质性检验。首先,基于企业所在行业要素结构的异质性检验结果表明,金融发展对不同要素结构企业的影响不同。相较于资本密集型企业,劳动密集型企业在"走出去"的过程中具备更大的竞争优势,因此,中国金融发展水平的提高能够显著改善劳动密集型企业的融资困境从而有助于其进行对外直接投资。其次,基于投资动因的异质性检验结果显示,相较于在发展中国家投资的中国企业,在发达中国家进行直接投资的中国企业受到中国金融发展的影响更大。最后,本章采用中国企业对外直接投资行为的其他度量、内生性检验和重复抽样进行再检验,结果均指出本章得到的结论具有一定的稳健性。

本章的研究结果有如下政策启示。首先,对外直接投资企业对外部资金依赖度较大,但由于海外投资项目具有风险高、周期长的特点,这导致中国工业企业很难获取银行信贷资金支持,因而融资约束成为了制约中国企业海外发展的一个重要因素。本章的研究结论指出以银行为主导的中国金融发展是促进中国企业国际化的重要动力。由此,我们建议商业银行等金融机构应当积极推动针对海外投资的融资服务,设立专门的融资支持机构,并及时提供专业的海外投资咨询服务,降低信贷歧视,帮助跨国企业克服融资难题。同时,我们建议金融机构积极发展创新的金融产品,比如针对中小企业的小额贷款、风险发展基金等,同时积极推动金融科技创新和支持数字化金融工具的发展,协助中国企业更好地实现国际化。其次,我们建议政府部门持续推进金融深化改革进程,扩大金融规模,大力扶持中小银行发展,增加信贷市场多样性,打破大型商业银行的垄断局面,提升金融资源配置效率;同时,政府部门应进一步加强构建结构丰富、层次多样的金融服务体系,提升金融系统对企业的普惠性,使金融发展能够为各种类型企业提供服务;此外,我们建议相关政府部门加强与国际金融机构的合作,建立信息共享机制,推动建立更加公平、开放的国际金融体系,争取更多针对发展中国家跨国企业的融资支持,帮助纾解跨国企业融资约束。最后,我们建议跨国企业努力拓宽融资渠道,积极与金融机构建立紧密合作,灵活利用各种金融资源,拓展自身的业务范围,从而提高国际竞争力。

第五章 东道国(地区)金融发展、融资约束与中国企业对外直接投资[①]

第一节 引　言

上一章的内容探讨了中国金融市场发展对企业对外直接投资的融资约束缓解机制,可以看出,不管从金融发展规模、金融深度还是金融效率维度来说,中国金融发展水平的提高都可以通过缓解企业融资约束从而促进中国对外直接投资。那么,东道国(地区)融资环境是否会影响中国企业对外直接投资呢? 对于在中国面临融资约束的企业而言,若企业无法在国内市场获得足够的融资,会转而在东道国(地区)进行融资,较高的东道国(地区)金融发展水平可以增加企业在东道国(地区)融资的可能性、降低企业的融资成本,从而缓解企业的融资约束,促进企业在东道国(地区)进行直接投资。为此,这一章将进一步探讨东道国(地区)金融市场发展对中国企业对外直接投资的影响。

事实上,虽然中国金融市场的改革一直在稳步推进,但金融市场发展并不完善,许多中小企业仍旧面临着较为严重的融资约束。姚耀军和董钢锋(2018)指出,中小企业存在信用记录不完善、抵押品不足、融资规模小等问题,这些问

[①] 本章内容主要来自葛璐澜,程小庆.金融发展和中国对外直接投资——基于制造业行业面板数据的分析[J].科学决策,2020(07):66-86.

题导致了许多中小企业无法顺利地获取外部融资。而对于进行直接投资的企业来说,融资约束问题更加严峻。海外项目周期长、不确定性高,企业在进行融资时需支付更高的风险溢价,这加大了企业的融资难度(卡普兰和津加莱斯,2000)。所以如果中国的跨国企业能够在东道国(地区)成功获取资金支持,那么中国企业进行海外投资的可能性会大幅提升,同时,中国企业对外直接投资的成功率也会得到提升。

另外,本书第三章构建的理论模型指出东道国(地区)金融发展水平的提高会通过竞争效应和融资效应两种渠道影响中国企业对外直接投资,且两种效应作用相反。但这两种效应究竟谁强谁弱,目前并没有定论。因此,本章针对东道国(地区)金融发展和中国企业对外直接投资的之间的关系进行更加全面深入的经验研究,进而得到确切结论。

出于上述考量,本章利用 2003—2021 年期间细分行业的中国制造业对外直接投资样本数据,深入探析了东道国(地区)金融发展水平与中国企业对外直接投资之间的关系。进而,本章在计量模型中加入东道国(地区)金融发展和行业融资依赖度的交互乘积项,探讨东道国(地区)金融发展水平对具有不同融资需求行业的对外直接投资影响的差异性。本章的研究旨在完善金融发展对中国企业对外直接投资的经验分析,为企业"走出去"和响应"一带一路"倡仪的实施提供微观的经验支持。

第二节 模型设定及数据说明

一、计量模型

首先,本章考察东道国(地区)金融发展水平对中国企业对外直接投资的影响,具体的计量模型设定如下:

$$\ln(OFDI_{jct}) = \alpha_0 + \alpha_1 FIN_{c,t-1} + \beta X_{ct} + \delta_j + \mu_t + \varepsilon_{jct} \quad (5.1)$$

式(5.1)中,下标 j 表示行业,c 表示东道国(地区),t 表示时间。$OFDI_{jct}$ 为 t 年东道国(地区)c 的行业 j 吸收中国企业的对外直接投资规模。同时,考虑到零投资额的样本,本章采用 $\ln(OFDI_{jct}+1)$ 来代替 $\ln(OFDI_{jct})$。$FIN_{c,t-1}$ 为东道国(地区)c 在 $t-1$ 年的金融发展程度。βX_{ct} 为其他可能影响中国企业对外直接投资的控制变量,包括东道国(地区)与中国之间的地理距离、东道国(地区)市场规模和人均购买力。μ_t 和 δ_j 分别为年份和行业固定效应,用于控制同一年份内(或同一行业内)所有东道国(地区)(行业)所经历的共同冲击。ε_{jct} 为误差项。

进一步地,参照学术界广泛运用的交互作用模型,本书引入行业融资依赖度和金融发展水平的交互项,用以检验东道国(地区)金融发展通过缓解融资约束从而促进中国对东道国(地区)直接投资这一机制的有效性。具体来说,构造如下计量模型:

$$\ln(OFDI_{jct}) = \alpha_0 + \alpha_1 FIN_{c,t-1} + \alpha_2 ED_j \times FIN_{c,t-1} + \beta X_{ct} + \delta_j + \mu_t + \varepsilon_{jct} \quad (5.2)$$

式(5.2)中,ED_j 为行业 j 的融资依赖程度,衡量行业的融资需求。$ED_j \times FIN_{c,t-1}$ 为行业融资依赖度和金融发展水平的交互项,本书加入此变量是为了考察金融发展对不同融资依赖度行业影响的差异性。其余变量设定与式(5.1)相同。式(5.2)重点关注系数 α_2 的估计值和显著性。若 $\alpha_2 > 0$,则意味着东道国(地区)金融发展水平的提升可以通过缓解企业融资约束从而促进中国企业的海外投资。

二、数据说明

本章的对外直接投资数据来自 Zephyr 数据库。本章采用跨境并购数据来研究中国企业的对外直接投资行为,出于以下两点考量。第一,跨境并购占中国企业对外直接投资的比例较大,且日渐成为企业进行对外直接投资的重要方式(刘青等,2017)。表 5-1 列出了 2004—2022 年期间中国对外直接投资额和企业跨境并购交易总额。平均而言,跨境并购交易占中国对外直接投资的比例为 41.57%,这说明跨境并购是中国企业海外投资的重要方式。因此,使用跨境并购来衡量中国企业的对外直接投资行为具有一定的代表性。第二,囿于数据的可得性,现有文献只能考虑东道国(地区)金融发展对中国对外直接投资总量的影响,而无法在区分行业的基础上进行更加深入的研究。Zephy 数据库公布了企业层面的跨境并购交易数据,使得本章能够基于细分的行业数据估计东道国(地区)金融发展水平对中国企业对外直接投资的影响。

表5-1 中国跨境并购交易统计(2004—2022)

年份	中国对外直接投资流量(亿美元)	跨境并购总额(亿美元)	占比(%)
2004	55	30	54.55
2005	122.6	65	53.02
2006	211.6	82.5	38.99
2007	265.1	63	23.76
2008	559.1	302	54.02
2009	565.3	192	33.96
2010	688.1	297	43.16
2011	746.5	272	36.44
2012	878	434	49.43
2013	1078.4	529	49.05
2014	1231.2	569	46.22
2015	1456.7	544.4	37.37
2016	1961.5	1353.3	68.99
2017	1582.9	1196.2	75.57
2018	1430.4	742.3	51.89
2019	1369.1	342.8	25.04
2020	1537.1	282	18.35
2021	1788.2	318.3	17.80
2022	1631.2	200.6	12.30
平均占比			41.57

注:根据历年《中国对外直接投资统计公报》整理。

Zephyr 数据库共提供了 2000—2021 年期间发生的 2258 条中国企业已经完成的跨境并购交易记录,总交易金额达到 3577.85 亿欧元。图 5-1 列出了 2000—2021 年期间中国企业海外并购的交易金额和已完成的项目数量。可以看出,2000 年"走出去"战略提出以来,中国海外并购交易规模不断扩大。但 2008—2014 年期间,受到金融危机的影响,中国企业的跨境并购交易金额和数量都有所下降。随着金融危机影响的消退,中国企业跨境并购的交易金额开始稳步上升。2016 年,中国企业完成的海外并购项目数量最多,达到 259 起,同年,海外并购交易金额也达到峰值 617.64 亿欧元。2018—2021 年期间,贸易保护主义潮流和疫情冲击使各国经济都受到较大的负面影响,全球经济增速出现不同程度的下降,加之各国对直接投资的审查以及银行监管政策趋严,在此期间,中国企业完成的跨境并购交易金额有所回落。

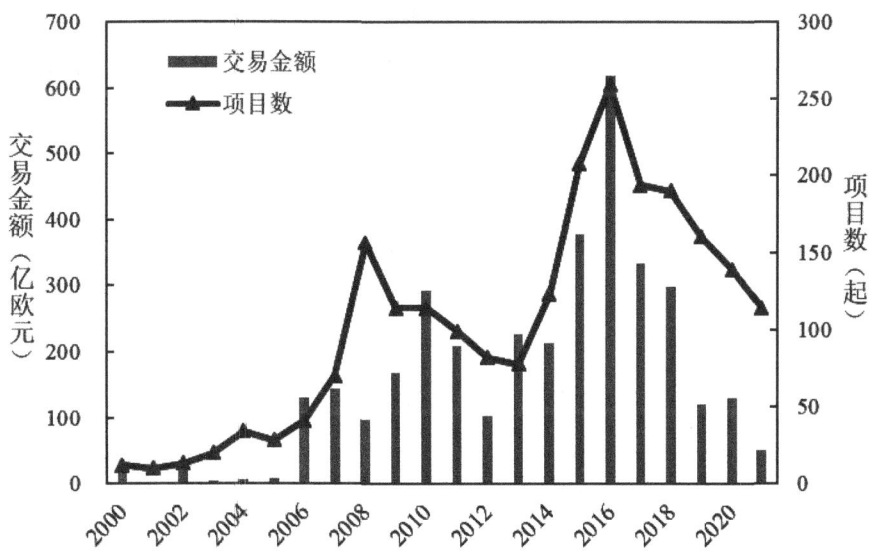

图 5-1 中国企业跨境并购的交易金额与数量(2000—2021)
注:根据 Zephyr 数据库整理。

根据 Zephyr 数据库提供的交易信息,表 5-2 总结了我国企业海外并购的主要目的地分布。可以看出,第一,由于开曼群岛、百慕大群岛和英属维尔京群岛等离岸金融中心的税率较低,因此这些国家(地区)成为了中国企业跨境并购的主要目的地。第二,跨国企业可以通过在发达国家开展跨境并购获取先进的技术和管理经验,提升自身生产效率,因此,美国、英国、澳大利亚、加拿大、法国、德国等发达国家也是中国企业开展跨境并购的主要目的地。在共建"一带一路"国家中,新加坡、俄罗斯是中国企业的海外并购的主要目的地。第三,从交易金额上说,中国企业在美国完成的跨境并购交易总金额最高,达到409.46亿欧元;从交易数量上说,中国内地企业在中国香港地区完成的并购项目数量最多;就平均交易金额而言,中国企业在资源丰富的巴西、俄罗斯、智利等国家完成的跨境并购交易平均金额位居前列。

表5-2　2000—2021年中国企业海外收购的主要目的地

目的国家(地区)	实际完成的并购交易数量		实际完成的并购交易金额(亿欧元)	
	交易数量(起)	占比(%)	交易金额	平均交易金额
美国	240	10.63	409.46	1.71
中国香港	362	16.03	396.54	1.10
开曼群岛	308	13.64	311.48	1.01
澳大利亚	159	7.04	216.81	1.36
百慕大群岛	137	6.07	208.73	1.52
英国	97	4.30	173.36	1.79
巴西	20	0.89	173.20	8.66
意大利	65	2.88	142.81	2.20
英属维尔京群岛	127	5.62	133.01	1.05
德国	72	3.19	126.19	1.75
加拿大	74	3.28	123.83	1.67
法国	30	1.33	112.86	3.76
俄罗斯	15	0.66	103.05	6.87
荷兰	23	1.02	102.54	4.46
以色列	25	1.11	75.67	3.03
新加坡	107	4.74	56.72	0.53
智利	7	0.31	56.51	8.07

目的国家(地区)	实际完成的并购交易数量		实际完成的并购交易金额(亿欧元)	
	交易数量(起)	占比(%)	交易金额	平均交易金额
瑞士	8	0.35	50.00	6.25
其他国家(地区)	382	16.92	605.06	1.58

数据来源：笔者根据 Zephyr 数据库整理。

具体而言，本章对通过 Zephyr 数据库获得的跨境并购交易数据进行如下处理后再开展经验分析。

（1）根据收购公司和目标公司的注册地信息，我们筛选出收购公司注册地为中国但目标公司注册地不是中国的交易信息。

（2）根据交易状态筛选出交易状态为已完成（"completed"）的交易信息。

（3）剔除交易金额缺失的交易信息。

（4）考虑到港澳台的特殊情况，剔除目标公司位于三地的交易信息。

（5）由于投资于离岸金融中心的资本一般出于避税原因，而并非投资的最终目的地（杨娇辉等，2016），我们剔除开曼群岛、百慕大群岛和英属维尔京群岛作为目的地的投资样本。

（6）参照布洛尼根和李（Blonigen & Lee，2016），我们基于目标企业所在的行业作为行业 j 的界定标准，故根据目标公司的 SIC 两位行业代码，保留制造业行业（SIC 两位行业代码为 20-39）的跨境并购交易样本。根据 Zephyr 数据库提供的 2003—2021 年期间中国企业的跨境并购投资数据显示，制造业交易金额占总交易金额的 27.92%，制造业交易数量占总交易数量的 32.96%。具体的行业分布表见表 5-3。

表5-3 中国企业跨境并购行业分布（2003—2021）

行业代码	行业描述	交易金额（亿美元）	占比（%）	交易数量（起）	占比（%）
01-09	农、牧、渔业	20.57	0.58	31	1.39
10-14	采矿业	676.20	19.12	238	10.69
15-17	建筑业	20.03	0.57	32	1.44
20-39	制造业	987.40	27.92	734	32.96
40-49	交通运输、信息服务、电力和公共卫生业	548.74	15.52	114	5.12
50-51	批发业	99.94	2.83	139	6.24
52-59	零售业	26.03	0.74	46	2.07
60-67	金融、保险和房地产业	610.49	17.27	399	17.92
70-89	服务业	546.38	15.45	493	22.14
90-99	公共管理业	0.19	0.01	1	0.04
合计		3535.96	100	2227	100

注：根据Zephyr数据库整理。本书根据目标企业的SIC两位行业代码进行分类，上表未剔除目标公司位于港澳台地区、英属维尔京群岛、开曼群岛和百慕大群岛的交易。

考虑到若对跨境并购交易施加交易金额的限制，则可能会过度采样涉及上市公司的大型交易样本（Erel等，2012），因此，参照马述忠等（2023）的做法，本章未对交易金额进行限制。经过上述处理，最终我们得到373家企业在2003—2021年期间对52个东道国（地区）完成的460条交易信息。本章将样本区间的起始时间设定为2003年，这是因为从2003年开始，中国企业的海外投资开始大幅增长。另外，2003—2021年间发生的跨境并购交易金额和交易数量分别占2000—2021年间总交易金额和数量的99%的98%[①]，这使得本章所选的样本区间具有一定的代表性。同时，本书将截止日期设为2021年，这是因为金融发展变量只更新至2021年。

---

① Zephyr数据库共记录了2000—2021年间2258起中国企业跨境并购交易，总交易金额为3578亿欧元，其中，2003—2021年间完成的交易数量为2227起，交易金额为3536亿欧元。

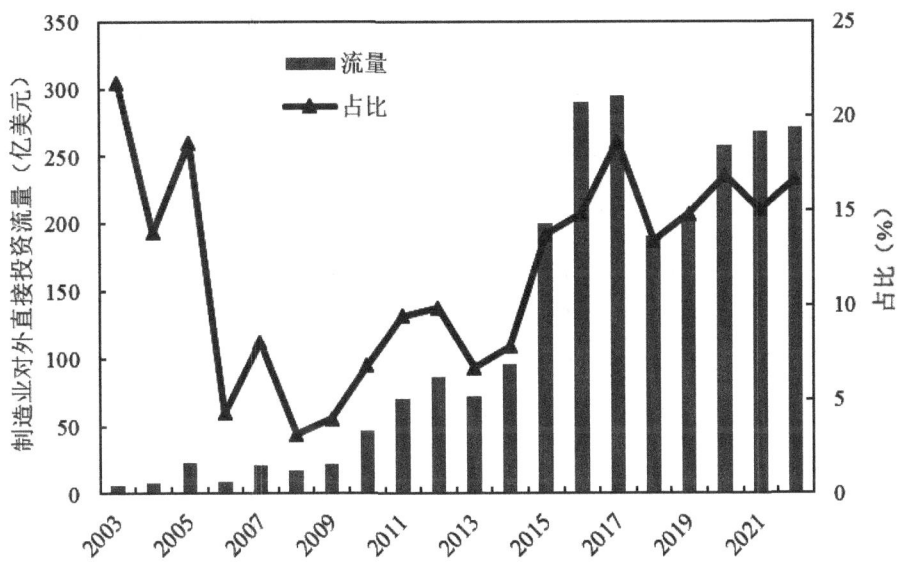

图 5-2　中国制造业对外直接投资（2003—2022）

注：根据《对外直接投资统计公报（2003—2022）》整理得到。

本章将样本行业选定为制造业，这是因为，虽然早期中国企业集中在能源类项目进行直接投资，但随着中国企业国际分工地位的不断提升，制造业的对外直接投资比重在不断上升。根据商务部统计的数据显示，制造业对外直接投资占中国对外直接投资总流量的比例从 2008 年的 3.16% 上升至 2017 年的 18.64%（图 5-2），虽然 2017 年之后，制造业对外直接投资额占总对外直接投资流量的比例有所下降，但这一比例仍保持在 15% 左右。另外，国务院 2015 年部署的《中国制造业 2025》鼓励企业通过对外直接投资的方式获取国外先进的技术和优质的战略资源，提高全球产业价值链潜入程度，提升企业核心竞争力。由此可见，制造业作为国民经济的重要行业，其对外直接投资也值得更多的关注。

表5-4　中国制造业跨境并购交易金额和交易数量（2003—2021）

SIC 行业代码	描述	交易金额（亿欧元）	占比(%)	交易数量（起）
20	食品制造业	47.46	7.06	34
21	烟草制品业	0	0	0
22	纺织业	0.51	0.08	8
23	纺织服装、服饰业	1.93	0.29	8
24	木材加工和木制品	0.41	0.06	2
25	家具制造业	0.10	0.01	2
26	造纸和纸制品业	2.89	0.43	3
27	印刷和记录媒介复制业	0.79	0.12	6
28	化学原料和化学制品制造业	192.16	28.60	44
29	石油和煤炭加工业	73.33	10.92	4
30	橡胶和塑料制品业	6.44	0.96	11
31	皮革和皮革制品制造业	0.15	0.02	1
32	石材、粘土和玻璃制品制造业	1.53	0.23	10
33	金属原料制造业	22.41	3.34	19
34	金属制品业	9.74	1.45	10
35	工业器械和设备制造业	51.95	7.73	75
36	电子设备制造业	99.74	14.85	115
37	运输设备制造业	140.62	20.93	55
38	仪器仪表制造业	18.52	2.76	45
39	其他制造业	1.11	0.17	8
合计		671.79	100	460

注：根据 Zephyr 数据库整理。

表5-4 列出了 2003—2021 年期间 20 个制造业行业跨境并购的交易金额和交易数量。可以看出，2003—2021 年期间，中国企业并没有涉及烟草制品业的跨境并购。从交易金额上说，中国企业在化学原料和化学制品制造业的跨境并购交易总金额最大，共计 192.16 亿欧元，占总交易金额的 28.6%；家具制造行业的跨境并购交易总金额最少，仅为 0.1 亿欧元，占总交易金额的 0.01%。从交易数量上说，电子设备制造业的交易数量最多，2003—2021 年期间，中国

企业共完成了 115 起涉及电子设备制造业的跨境并购交易；皮革和皮革制品制造业发生的交易数量最少，样本期间，中国企业仅完成了 1 起涉及该行业的跨境并购交易。

三、变量选取及数据来源

（一）东道国（地区）金融发展指标

一方面，信贷规模的扩大增加了外源资金的可获得性，有利于实现资源的有效配置。另一方面，虽然目前企业的信贷资金大多来自银行贷款，但仍有一部分企业会通过直接融资的方式获取资金。因此，银行和金融市场可以为不同的企业提供金融支持。所以，本章采用两个指标衡量东道国（地区）金融发展：金融规模和金融结构。具体而言，金融规模采用东道国（地区）银行和其他金融机构向私人部门的信贷额度与 GDP 的比重表示，衡量了东道国（地区）的间接融资规模，且这一指标广泛见于文献中（比利尔等，2019；德博尔德斯和魏，2017）。金融结构用东道国（地区）股票市场总市值占 GDP 比重表示，衡量了东道国（地区）的直接融资规模。同时，这一指标也衡量了东道国（地区）市场主导型金融结构的发展情况。金融发展相关数据来自世界银行全球金融发展数据库（Global Financial Development Database，以下简称 GFDD 数据库）。

（二）行业融资依赖度

本章采用外部资金依赖度来反映行业的融资需求。外部资金依赖度指标由拉詹和津加莱斯（1998）提出，他们将这一指标定义为这一行业中的企业不通过营业现金流获得资本支出占总资本支出的比例，他们认为行业的融资依赖程度是外生给定的，不会受到东道国（地区）的金融发展水平的影响，这一指标也被广泛运用于文献中（马诺瓦，2013；德博尔德斯和魏，2017）。由于拉詹和津加莱斯（1998）是基于 ISIC Rev2 的 3 位代码定义行业融资依赖的，而 Zephyr 数据库的行业分类则基于 SIC 代码，故本书根据 ISIC 和 SIC 对于各个行业的定义,将 SIC 代码和 ISIC 代码进行手动匹配,得到 20 个制造业行业的融资依赖程度,其结果列于表 5-5 中。

表5-5 造业各行业融资依赖程度

SIC 代码	ISIC 代码	外部资金依赖度	SIC 代码	ISIC 代码	外部资金依赖度
20	311+313	-0.06	30	355+356	-0.02
21	314	-1.14	31	323	-0.95
22	321	0.01	32	361+362+369	-0.22
23	322+324	-0.475	33	371+372	-0.035
24	331	0.05	34	381	-0.25
25	332	-0.38	35	382	-0.04
26	341	-0.35	36	383	0.24
27	342	-0.42	37	384	-0.08
28	352	-0.3	38	385	0.72
29	353+354	0.055	39	390	0.28

注:笔者根据 SIC 两位行业代码和 ISIC 行业代码的行业描述手动匹配得到。外部资金依赖度指标数据来自拉詹和津加莱斯(1998)。

(三)其他解释变量

参考已有文献,我们选择以下解释变量:

1. 地理距离

地理距离的增加一方面会导致跨国企业的运输和通讯成本的上升,另一方面也会增加中国与东道国(地区)之间制度和文化的差异,提高跨国企业的进入门槛,因此,地理距离是影响中国企业跨境并购的重要因素。参照菲德尔穆克和菲德尔穆克(Fidrmuc & Fidrmuc,2003)的做法,我们采用两国(地区)首都(首府)之间的绝对距离(公里数)来衡量中国与东道国(地区)之间的地理距离,数据来自 CEPII 数据库。

2. 市场规模

市场规模的扩大意味着更多的市场机会,企业倾向投资于市场规模更大的东道国(地区)[凯弗斯等(Cuyvers et al.),2011]。因此,市场规模也是影响中国企业对外直接投资的重要因素之一[克里斯蒂安森(Christiansen),2003]。参照巴克利等(2007),我们使用东道国(地区)GDP 来衡量东道国(地区)的市场规模。

3. 市场购买力

企业参与对外直接投资的一大动机是扩大市场份额并获得超额收益,因此东道国(地区)的市场购买力也是影响中国企业对外直接投资的重要因素。参照贝纳西-奎雷等(Bénassy-Quéré et al.,2007)的做法,我们使用人均 GDP 来作为东道国(地区)市场购买力的衡量指标。但值得注意的是,人均 GDP 也会被用来衡量东道国(地区)的劳动力成本(赫尔普曼,1987),所以人均 GDP 对中国企业对外直接投资的影响并没有定论。GDP 和人均 GDP 数据来自世界银行世界发展指标(World Development Indicator,以下简称 WDI 数据库)。

由于 CEPII 数据库未涵盖塞尔维亚,故样本剔除了东道国(地区)为塞尔维亚的交易样本。参照宗芳宇等(2012)的做法,我们将每年新进行跨境并购的行业和东道国(地区)与样本中当年及以前投资过的东道国(地区)和行业构成了每年的观测值,并将 460 条交易信息拓展为行业-东道国(地区)-年份面板数据,最终,我们得到 5099 条观测值作为研究样本。另外,在估计模型参数时,为降低异方差性,我们对中国企业跨境并购的交易金额、地理距离、东道国(地区)GDP 和人均 GDP 均取自然对数,并将部分缺失值采用线性插值和线性外推法补齐。最后,由于 Zephyr 数据库中的并购金额为欧元计价,因此我们按照当期名义汇率将并购金额转为美元计价。表 5-6 给出了样本中主要变量的描述性统计情况。

表5-6 主要变量描述性统计

变量	定义	样本数	均值	标准差	最小值	最大值
交易金额	中国企业跨境并购交易额（自然对数）	5099	0.90	2.96	0	15.50
金融规模	银行和其他金融机构向私人部门的信贷额度/GDP	5099	0.95	0.48	0.07	2.42
金融结构	股票市场总市值/GDP	4419	0.78	0.60	0	3.55
外部资金依赖度	指定行业企业不通过营业现金流获得资本支出占总支出比例	5099	-0.03	0.31	-0.95	0.72
有形资产比例	指定行业企业有形资产占总资产比例	5099	0.27	0.09	0.12	0.54
地理距离	两国（地区）首都（首府）之间的绝对距离（公里数）	5099	8.77	0.59	6.86	9.87
市场规模	东道国（地区）GDP（自然对数）	5099	27.20	1.34	23.82	30.78
市场购买力	东道国（地区）人均GDP（自然对数）	5099	9.80	1.23	6.56	11.80

注：由于缺乏数据，当采用股票市场总市值占GDP之比衡量东道国（地区）的金融发展水平时，样本容量减少至4419个。

第三节 经验结果分析

一、全样本检验结果

这一节的内容中，我们进行经验研究来考察东道国（地区）金融发展水平对中国对外直接投资的影响。首先，表5-7列出了全样本估计结果。模型（1）、（2）为式（5.1）的全样本估计结果，可以看出，东道国（地区）金融规模和金融结构的系数估计值均为正，且在1%的显著性水平下统计显著，这说明东道国（地区）银行信贷规模的扩大和资本市场的持续深化都能够促进中国企业向东道国（地区）进行直接投资。另外，金融规模的系数估计值大于金融结构指标的系数估计值（0.968>0.553），这说明东道国（地区）信贷市场的发展对中国企业对外直接投资的影响更大。

表5-7 全样本回归结果

变量	模型(1)	模型(2)	模型(3)	模型(4)	模型(5)	模型(6)
金融规模	0.968*** (0.0926)		0.955*** (0.0911)		0.257** (0.116)	
金融结构		0.553*** (0.0886)		0.539*** (0.0878)		0.215** (0.0894)
金融规模 ×外部资金 依赖度			1.283*** (0.288)		1.200*** (0.282)	
金融结构 ×外部资金 依赖度				0.874*** (0.274)		0.833*** (0.266)
地理距离					0.120 (0.0746)	0.110 (0.0766)
市场规模					0.467*** (0.0354)	0.510*** (0.0396)
市场购买力					0.127*** (0.0454)	0.222*** (0.0472)
常数项	0.0121 (0.0985)	0.571*** (0.0865)	7.060*** (1.691)	7.949*** (1.750)	-8.193*** (2.006)	-10.29*** (2.139)
行业固定效应	无	无	控制	控制	控制	控制
年份固定效应	无	无	控制	控制	控制	控制
样本容量	5099	4419	5099	4419	5099	4419
R^2	0.023	0.010	0.085	0.082	0.124	0.138

注：括号内为估计系数的标准误差，***、**和*分别表示t检验在1%、5%和10%的水平下显著。

模型(3)、(4)在模型(1)、(2)的基础上加入外部资金依赖度和金融发展的交互项,考察融资依赖度如何调节东道国(地区)金融发展对中国企业外直接投资的影响。结果显示,不论是金融规模还是金融结构,东道国(地区)金融发展指标的系数估计值和显著性与模型(1)、(2)相比均未发生明显改变。同时,金融发展和外部资金依赖度的交互项(金融规模 × 外部资金依赖度、金融结构 × 外部资金依赖度)系数估计值均显著为正,这表明东道国(地区)金融发展水平的提高可以拉动中国对其的直接投资额,且随着行业融资依赖度的上升,这一拉动作用会不断增强。这一结论指出,东道国(地区)金融发展可以通过改善企业融资约束从而促进中国企业的对外直接投资。模型(5)、(6)在模型(3)、(4)的基础上加入了控制变量,结果显示金融发展以及金融发展和外部资金依赖度交互项的系数估计值依然为正,且显著性未发生改变。第三章提出东道国(地区)金融环境的改善会通过竞争效应和融资效应两种渠道影响中国企业的对外直接投资,基于本小节的经验研究结果,我们可知东道国(地区)融资环境改善带来的融资效应大于竞争效应。

其他控制变量中,地理距离的系数估计值为正,但在10%的显著性水平下不具有统计显著性。这说明虽然地理距离的扩大意味着运输和通讯成本的上升,但这并不会给中国企业的对外直接投资带来负向的影响。东道国(地区)市场规模的系数估计值为正,且在1%显著性水平下统计显著,这与已有的研究结论一致,即东道国(地区)市场规模的扩大会吸引中国企业的对外直接投资。东道国(地区)市场购买力的系数估计值为正,这说明东道国(地区)人均购买力对中国企业的对外直接投资也有正向影响。

二、异质性检验结果

(一)基于行业融资依赖度差异的检验结果

表5-7的结论指出东道国(地区)金融发展可以通过缓解中国企业面临的融资约束来吸引中国企业的直接投资,本部分检验这一机制是否因为行业融资依赖度的不同而表现出差异。参照齐俊妍和王晓燕(2016),我们将20个制造

业行业按融资依赖水平区分为高融资依赖度的行业和低融资依赖度的行业[①],分别进行回归,其检验结果列于表5-8中。观察表5-6的检验结果,我们发现,在模型(1)、(2)中,金融发展和行业融资依赖度的交互项系数估计值为正,且在5%的水平下统计显著,而在模型(3)、(4)中,这一交互项在10%显著性水平下不具有统计显著性。这一结果说明东道国(地区)金融发展对中国对外直接投资的融资约束缓解作用具有门槛系效应,只有当行业对外部资金的需求达到一个特定水平之后,东道国(地区)金融发展通过缓解中国跨国企业融资约束从而吸引中国对外直接投资这一机制才存在。

表5-8 基于行业融资依赖度差异的检验结果

变量	高融资依赖度的行业		低融资依赖度的行业	
	模型(1)	模型(2)	模型(3)	模型(4)
金融规模	-0.0846 (0.157)		0.436** (0.179)	
金融结构		-0.0486 (0.106)		0.289** (0.134)
金融规模×外部资金依赖度	1.201*** (0.363)		-0.129 (0.501)	
金融结构×外部资金依赖度		0.783** (0.309)		0.427 (0.426)
地理距离	0.0292 (0.0991)	0.0379 (0.0994)	0.148 (0.0927)	0.0776 (0.0940)
市场规模	0.653*** (0.0471)	0.723*** (0.0494)	0.0282 (0.0449)	0.0599 (0.0482)
市场购买力	0.189*** (0.0614)	0.281*** (0.0602)	-0.0131 (0.0573)	0.122** (0.0567)

---

① 高融资依赖度的行业包括化学原料和化学制品制造业、石油和煤炭加工业、橡胶和塑料制品业、石材、粘土和玻璃制品制造业、工业器械和设备制造业、电子设备制造业、运输设备制造业、仪器仪表制造业、其他制造业;低融资依赖度的行业包括食品制造业、纺织业、纺织服装、服饰业、木材加工和木制品、家具制造业、造纸和纸制品业、印刷和记录媒介复制业、金属原料制造业、金属制品业。

变量	高融资依赖度的行业		低融资依赖度的行业	
	模型(1)	模型(2)	模型(3)	模型(4)
常数项	-11.53***	-14.86***	2.975	1.884
	(2.647)	(2.783)	(2.588)	(2.762)
行业固定效应	控制	控制	控制	控制
年份固定效应	控制	控制	控制	控制
样本容量	3174	2826	1925	1593
R^2	0.151	0.165	0.050	0.052

注：括号内为估计系数的标准误差，***、**和*分别表示t检验在1%、5%和10%的水平下显著。

(二)基于行业要素结构差异的检验结果

本部分考察不同要素结构行业的对外直接投资受到东道国(地区)金融发展影响的差异性。参照沈能等(2014)，本部分基于行业的投入要素结构将20个制造业行业分为劳动密集型行业、资本密集型行业和技术密集型行业[①]，分别进行回归，其结果分别列于表5-9的模型(1)、(2)、模型(3)、(4)和模型(5)、(6)中。总结表5-9，我们有以下结论：

第一，劳动密集型行业和资本密集型行业的检验结果显示，东道国(地区)金融规模和行业融资依赖度交互项系数的估计值为负，但这一系数的估计值在技术密集型行业中显著为正。这说明东道国(地区)信贷融资环境的改善可以通过缓解技术密集型企业的融资约束从而吸引该类中国企业对其的直接投资，但这一机制并不存在于劳动密集型和资本密集型的企业中。

第二，东道国(地区)金融结构和行业融资依赖度交互项在技术密集型行业中显著为正，但在劳动和资本密集型行业中这一系数均不显著。这一结果表明东道国(地区)股票市场规模的扩大可以拉动技术密集型行业的直接投资，

---

① 劳动密集型行业包括：食品制造业、纺织业；资本密集型行业包括：纺织服装、服饰业、木材加工和木制品、家具制造业、造纸和纸制品业、印刷和记录媒介复制业、化学原料和化学制品制造业、石油和煤炭加工业、橡胶和塑料制品业、石材、粘土和玻璃制品制造业、金属原料制造业、金属制品业；技术密集型行业包括：工业器械和设备制造业、电子设备制造业、运输设备制造业、仪器仪表制造业、其他制造业。

而对劳动密集型和资本密集型行业的直接投资没有显著影响。

表5-9 基于行业要素结构差异的检验结果

变量	劳动密集型行业		资本密集型行业		技术密集型行业	
	模型(1)	模型(2)	模型(3)	模型(4)	模型(5)	模型(6)
金融规模	0.332* (0.190)		0.0429 (0.106)		-0.289** (0.137)	
金融结构		0.223* (0.132)		-0.0160 (0.0831)		-0.204** (0.0981)
金融规模外部 ×资金依赖度	-0.0588 (0.530)		-0.594* (0.345)		0.588** (0.299)	
金融结构外部 ×资金依赖度		0.342 (0.428)		-0.324 (0.303)		0.689*** (0.252)
地理距离	0.240** (0.111)	0.200* (0.111)	0.0602 (0.0486)	0.0204 (0.0500)	-0.00459 (0.0771)	0.0362 (0.0765)
市场规模	-0.0850 (0.0554)	-0.0549 (0.0578)	0.110*** (0.0231)	0.125*** (0.0253)	0.497*** (0.0367)	0.533*** (0.0379)
市场购买力	0.0460 (0.0699)	0.176*** (0.0675)	-0.0391 (0.0298)	0.00675 (0.0299)	0.216*** (0.0481)	0.255*** (0.0467)
常数项	0.403 (1.280)	-0.790 (1.372)	-1.316 (1.413)	-1.267 (1.505)	-3.776** (1.591)	-5.402*** (1.649)
行业固定效应	控制	控制	控制	控制	控制	控制
年份固定效应	控制	控制	控制	控制	控制	控制
样本容量	552	494	2,394	2,117	2153	1,808
R^2	0.082	0.100	0.045	0.046	0.185	0.207

注：括号内为估计系数的标准误差，***、**和*分别表示t检验在1%、5%和10%的水平下显著。

三、稳健性检验结果

（一）其他行业融资依赖度指标的检验结果

为了检验东道国（地区）金融发展对中国企业对外直接投资融资约束缓解机制的稳健性，我们采用有形资产比例来作为行业融资依赖度的替代指标。企业的有形资产可以作为抵押品,若企业有形资产比例越高,则融资难度越小,对外部资金的依赖程度越低,因此,有形资产比例可以衡量行业的融资依赖度。行业有形资产比例指标来自克罗兹纳等(Kroszner et al.,2007),表5-10 列出了各制造业行业的有形资产比例。

表5-10 各制造业行业有形资产比例

SIC 代码	有形资产比例	SIC 代码	有形资产比例	SIC 代码	有形资产比例	SIC 代码	有形资产比例
20	0.385	25	0.28	30	0.37	35	0.22
21	0.19	26	0.42	31	0.12	36	0.21
22	0.31	27	0.21	32	0.39	37	0.23
23	0.14	28	0.27	33	0.38	38	0.16
24	0.32	29	0.54	34	0.28	39	0.18

数据来源:克罗兹纳等(2007)。

表5-11 列出了以有形资产比例作为行业融资依赖度替代指标的回归结果。可以发现,模型(1)、(2)中,东道国(地区)金融规模和金融结构的系数估计值分别为 1.187 和 0.522,且均在 1% 显著性水平下统计显著,这说明东道信贷市场和股票市场的发展均可以促进中国企业对其直接投资额的上升,这一结果与表5-5 的结论一致。另外,东道国(地区)金融发展与行业有形资产比例的交互项(金融规模 × 有形资产比例、金融结构 × 有形资产比例)系数估计值分别为 -2.626 和 -0.952,且均至少在 10% 的显著性水平下统计显著,这说明东道国(地区)金融发展水平提高对中国企业对外直接投资的促进作用随着企业有形资产比例的下降而增强,即东道国(地区)金融环境的改善对面临较高融资约束企业的对外直接投资促进作用更大,这与全样本检验得出的结论一致。模型(3)、(4)在模型(1)、(2)的基础上加入双边地理距离、市场规模和市场购买力作为控制变量,结果显示上述结论依然成立。进一步地,模型(5)、(6)在模型(3)、(4)的基础上进一步加入了金融发展和外部资金依赖度的交互项

(金融规模 × 外部资金依赖度、金融结构 × 外部资金依赖度),可以看出,与表5-7相比,金融发展和行业外部资金依赖度的交互项的显著性没有发生明显改变,说明本章得出的结论具有稳健性。

表5-11 其他融资依赖度指标的检验结果

变量	模型(1)	模型(2)	模型(3)	模型(4)	模型(5)	模型(6)
金融规模	1.187*** (0.160)		0.768*** (0.162)		0.648*** (0.167)	
金融结构		0.522*** (0.163)		0.491*** (0.104)		0.298*** (0.0947)
金融规模 × 有形资产比例	-2.626*** (0.556)		-2.610*** (0.545)		-2.112*** (0.567)	
金融结构 × 有形资产比例		-0.952* (0.573)		-1.499*** (0.331)		-0.934*** (0.306)
地理距离			0.0577 (0.0419)	0.0501 (0.0430)	0.0566 (0.0418)	0.0495 (0.0429)
市场规模			0.254*** (0.0200)	0.290*** (0.0216)	0.252*** (0.0200)	0.289*** (0.0216)
市场购买力			0.0737*** (0.0259)	0.129*** (0.0260)	0.0738*** (0.0259)	0.129*** (0.0260)
金融规模 × 外部资金依赖度					0.508*** (0.161)	
金融结构外部 × 资金依赖度						0.419*** (0.0878)
常数项	3.626*** (0.969)	4.112*** (1.008)	-4.579*** (1.137)	-6.190*** (1.221)	-4.525*** (1.136)	-6.103*** (1.218)
行业固定效应	控制	控制	控制	控制	控制	控制
年份固定效应	控制	控制	控制	控制	控制	控制
样本容量	5099	4419	5099	4419	5099	4419
R^2	0.082	0.071	0.117	0.124	0.119	0.125

注:括号内为估计系数的标准误差,***、**和*分别表示t检验在1%、5%和10%的水平下显著。

(二)内生性问题

进一步地,为了控制可能存在的内生性,本书将市场规模和市场购买力指标均取滞后一期,其余变量保持不变,进行稳健性检验,其结果列于表5-12中。对比表5-7、5-11和5-12可以发现,东道国(地区)金融发展以及其与行业融资依赖度交互项、东道国(地区)金融发展与有形资产比例交互项系数的估计值和显著性均没有发现明显变化,这说明本章得到的结果具有一定稳健性。

表5-12 内生性检验结果

变量	模型(1)	模型(2)	模型(3)	模型(4)	模型(5)	模型(6)
金融规模	0.104 (0.0673)		0.757*** (0.170)		0.624*** (0.175)	
金融结构		0.0943* (0.0484)		0.475*** (0.0973)		0.367*** (0.0997)
金融规模外部 ×资金依赖度	0.702*** (0.162)				0.548*** (0.169)	
金融结构外部 ×资金依赖度		0.422*** (0.146)				0.439*** (0.0926)
金融规模× 有形资产比例			-2.471*** (0.573)		-1.924*** (0.597)	
金融结构× 有形资产比例				-1.430*** (0.308)		-0.986*** (0.321)
地理距离	0.0772* (0.0426)	0.0499 (0.0422)	0.0783* (0.0426)	0.0486 (0.0429)	0.0773* (0.0426)	0.0480 (0.0428)
市场规模	0.262*** (0.0203)	0.267*** (0.0215)	0.262*** (0.0203)	0.274*** (0.0218)	0.261*** (0.0203)	0.273*** (0.0218)
市场购买力	0.0728*** (0.0262)	0.116*** (0.0256)	0.0729*** (0.0262)	0.118*** (0.0261)	0.0733*** (0.0261)	0.118*** (0.0260)
常数项	-3.874*** (0.584)	-4.117*** (0.612)	-3.651*** (0.588)	-4.060*** (0.618)	-3.670*** (0.587)	-4.057*** (0.616)
行业固定效应	控制	控制	控制	控制	控制	控制
年份固定效应	控制	控制	控制	控制	控制	控制

变量	模型(1)	模型(2)	模型(3)	模型(4)	模型(5)	模型(6)
样本容量	5099	4419	5099	4419	5099	4419
R^2	0.113	0.118	0.113	0.082	0.115	0.087

注：括号内为估计系数的标准误差，***、**和*分别表示t检验在1%、5%和10%的水平下显著。

第四节 小 结

东道国（地区）融资环境是影响中国企业进行对外直接投资的重要因素。从融资约束的角度出发，第三章梳理了东道国（地区）金融发展对中国企业对外直接投资的作用机制。理论模型指出，东道国（地区）金融发展可以通过融资效应和竞争效应两种途径影响其吸收的中国对外直接投资额。基于第三章的理论分析结果，本章利用2003—2021年中国20个制造业行业的对外直接投资数据，通过经验研究检验了东道国（地区）金融环境对中国企业对外直接投资的影响机制。

研究结论指出，第一，东道国（地区）金融发展水平的提高能够吸引中国企业向其进行直接投资，且这一促进作用随着行业融资依赖度的上升而增强。这是因为，若东道国（地区）具有健全的金融市场和银行体系，则能够为在中国面临融资约束的企业提供资金保障，进而能够促进中国企业在东道国（地区）进行直接投资。第二，基于行业融资依赖度差异的检验结果表明，东道国（地区）金融发展对中国企业对外直接投资的促进作用具有门槛效应，只有当行业的融资需求达到一定水平时，东道国（地区）金融发展才可以通过缓解融资约束促进中国企业的对外直接投资。第三，基于行业要素结构差异的分样本回归结果显示，东道国（地区）金融发展水平的提高对技术密集型行业的对外直接投资具有明显的拉动作用，但是对劳动密集型和资本密集型行业的对外直接投资并不存在这一正向影响机制。

本章研究的政策意义也是明显的。首先，我们建议政府部门应该及时更新东道国(地区)金融环境发展相关信息,帮助跨国企业准确评估国际直接投资的金融环境和投资风险,这也将有助于提高中国企业对外直接投资的成功率。其次,中国企业对外直接投资规模对于东道国(地区)金融市场的依赖反映了国内金融市场发展存在不足,企业只有在无法从国内市场获得足够的融资时,才会转而向东道国(地区)进行融资,而一般来说,东道国(地区)的融资成本高于中国的融资成本,这会降低对外投资企业的利润,不利于企业的长足发展。因此,我们建议政府部门应当加强对国内金融系统的改革力度,优化金融资源的配置体系,完善中小企业融资制度,保证企业能够在本国获得充足的资金支持,从而更好地促进本国企业走出国门并实现国际化运营。最后,本章研究结论指出相较于劳动和资本密集型行业的企业而言,技术密集型行业的跨国企业更容易受到东道国(地区)融资环境的影响。当前中国制造业正处在转型期,技术密集型行业是制造业升级的重点行业。考虑到科技创新型公司总是受到较大的融资约束[布朗等(Brown et al.),2011],因此,我们建议政府部门应加强对技术密集型行业的政策和资金支持,提升技术密集型企业的核心竞争力,促进制造业企业向价值链上游移动,加快中国制造业产业转型。

第六章 双边金融发展与中国对外直接投资
——基于宏观面板数据的再讨论

第一节 引 言

2003—2022年间,平均90.5%的中国对外直接投资存量分布在发展中经济体,仅有一成左右的投资存量分布在发达经济体[①]。那么,东道国(地区)的哪些因素会导致中国对外直接投资分布的不平衡?越来越多的学者开始关注这一问题。邓宁(1988)的国际生产折衷理论指出企业会选择在具有区位优势的东道国(地区)进行国际直接投资,传统理论认为东道国(地区)的区位优势包括丰富的资源要素禀赋、稳定的政治环境、健全的市场制度、优惠的税收政策等,所以早期对中国对外直接投资影响因素的研究主要从经济发展、市场规模、制度环境、资源禀赋、双边贸易关系等宏观层面出发,结论证实东道国(地区)市场规模、资源禀赋、制度水平、双边地理距离和经贸关系等都是影响中国对外直接投资的重要因素。

随着2008年全球金融危机的爆发,越来越多的文献从金融发展角度考察企业的对外直接投资行为。基于发达国家的经验研究表明,不管是从中国金融发

[①] 笔者根据商务部公布的《中国对外直接投资统计公报》(2003—2022)整理计算得出。

展的角度,还是从东道国(地区)金融发展的角度分析,融资环境的改善都可以促进企业进行海外投资。随着对中国对外直接投资研究的不断深入,也有研究证实中国国内金融发展水平也是影响中国企业海外投资行为的一个不可忽视的因素。同时,少数文献分析了东道国(地区)融资环境对中国对外直接投资的影响,但结论并不一致(沈军和包小玲,2013;余官胜,2015)。所以本章综合考虑中国和东道国(地区)双边的金融发展水平,希望通过经验研究得到更为确切的结论。

另外,我们注意到,中国企业在不同东道国(地区)的直接投资存在较大差异。例如,中国企业在发展中国家的投资起步较早,投资金额较大;而在发达国家的投资起步较晚,投资金额较小。中国企业在对外投资的不同阶段需要不同的金融服务,这也意味着金融发展对中国对外直接投资的影响可能会随着对外直接投资发展阶段的变迁而改变。基于这种考虑,本章将进一步利用分位数回归模型,考察东道国(地区)金融发展与中国对外直接投资之间关系的演化途径。如果我们能够深入了解东道国(地区)金融环境如何影响中国对外直接投资,这将帮助中国企业提高在东道国(地区)进行融资的可能性并降低融资成本,同时也可以引导中国企业进行更加合理高效的海外投资。

第四章和第五章采用企业层面数据,从微观视角考察了金融发展对中国企业对外直接投资的融资约束缓解机制,本章则利用国家层面宏观面板数据,综合考量中国和东道国(地区)双边金融发展变量,检验金融发展对中国企业对外直接投资的宏观调控引导作用。本章的研究对于推动产业转型和升级、稳步提升中国企业的全球影响力有着重要的现实意义。

第二节 模型设定及数据说明

一、计量模型

为了考察双边金融发展对中国对外直接投资的影响,本章构建如下计量模型:

$$\ln(OFDI_{it})=\alpha+\beta_1 FD_{it}+\beta_2 FD_{it}+\theta Y_{it}+\gamma_t+\varepsilon_{it} \tag{6.1}$$

式(6.1)中,i 表示东道国(地区),t 表示年份。被解释变量 $OFDI_{it}$ 为 t 年中国对东道国(地区)i 的对外直接投资流量值。FD_{it} 衡量了东道国(地区)金融发展水平,β_1 为相应的系数。FD_{ct} 衡量了中国金融市场发展状况,β_2 为对应的系数向量。现有文献表明影响一国对外直接投资的因素有许多,如东道国(地区)经济规模、收入水平、贸易成本、要素禀赋差异等[纳瓦雷蒂等(Navaretti et al.),2006;布洛尼根,2005],故本章引入控制变量 Y_{it},表示其他可能影响中国对外直接投资流量的解释变量。具体来说,Y_{it} 包括地理距离、东道国(地区)市场规模、制度环境、资源禀赋、双边经贸关系、共同语言、共同边界等。因为地理距离、共同边界和共同语言这三个变量具有东道国(地区)特性,且不随时间变化,故式(6.1)未引入东道国(地区)固定效应。此外,为了控制同一年份内可能影响中国对外直接投资的共同冲击(如 2008 年金融危机),本书加入年份固定效应(γ_t)。ε_{it} 为误差项。

二、变量选取

(一)被解释变量

本章的被解释变量为中国对外直接投资流量,数据来自历年商务部公布的《对外直接投资统计公报》。《对外直接投资统计公报》提供的当期对外直接投资流量,即当期对外直接投资总额减去当期企业对境内投资者的反向投资,故本章使用的对外直接投资流量为净流量。

本章将样本选择区间设定为 2003—2021 年。这是因为从 2003 年开始,中国商务部开始对中国对外直接投资的相关数据进行公布,虽然最新统计数据更新至 2022 年,但由于金融发展变量只更新至 2021 年,故本章不考虑 2022 年投资样本。从 2003 年开始,中国对外直接投资迅猛发展,截至 2021 年,中国境外企业覆盖了全球 190 个国家(地区)。考虑到投资于离岸金融中心的资本一般出于避税原因,因此一般来说,这些离岸金融中心并非投资的最终目的地(杨娇辉等,2016),故数据的选取删去了开曼群岛、英属维尔京群岛和百慕大群岛的投资样本。同时考虑到中国香港、中国澳门、中国台湾的特殊性,我们也同时删去这三个地区的样本。

(二)双边金融发展

1.东道国(地区)金融发展指标

考虑到金融系统主要包括金融中介市场和股票市场[克恩和莱文(King & Levine),1993],所以参照李俊青和谢芳(2020)的做法,本章采用银行及其他金融机构流向私人部门的贷款余额和股票市场总值之和占 GDP 的比重来衡量东道国(地区)金融发展水平。这一指标能够较为全面地反映东道国(地区)的金融发展水平。进一步地,我们将东道国(地区)金融发展指标区分为金融中介发展指标和股票市场发展指标,分析东道国(地区)金融发展影响中国对外直接投资的渠道。其中,金融中介发展指标和股票市场发展指标分别采用东道国(地区)银行及其他金融机构流向私人部门的信贷余额占 GDP 比重和股票市场总值占 GDP 比重衡量。东道国(地区)金融发展相关数据来自世界银行 GFDD 数据库。

2.中国金融发展指标

本章研究采用两个指标来衡量中国金融市场的融资情况,包括中国金融市场流动性指标和中国金融市场深度指标。这样的做法出于以下两点考量。首先,企业进行对外直接投资需要大量资金投入,若本国流动性较高,则资金配给充裕,企业将更容易进行跨境投资。其次,本国股票市场深度的提高可以降低企业的融资成本,从而影响着企业的跨境投资决策。因此,本章加入中国流动性指标和中国股票市场深度指标作为控制变量,参照金洪飞等(2010,2012)的做法,中国金融市场流动性指标选取中国广义货币的供给量占 GDP 的比重来衡量,中国金融市场深度则选取中国股票市场总额占 GDP 的比重来衡量,数据来源于中经网统计数据库。

(三) 控制变量

接下来讨论模型的控制变量。参照现有文献,控制变量包括以下几项。

1. 地理距离

一般来说,东道国(地区)与中国之间地理距离的增加会提高跨国公司在海外设立分支结构所需支付的通讯、运输等成本,故在其他条件相同的条件下,跨国公司会选择距离较近的东道国(地区)进行投资。参照上一章的做法,本章也采用两国(地区)首都(首府)之间的绝对距离(公里数)来衡量中国与东道国(地区)之间的地理距离,数据来源于法国 CEPII 数据库,缺失值利用 Google Earth 测量出两国(地区)首都(首府)距离之后补齐。

2. 市场规模和市场购买力

直观上,东道国(地区)的市场规模越大,可供选择并购的公司数目越多。故一般来说,跨国公司会选择市场规模较大的国家作为东道国(地区)(凯弗斯等,2011)。同时,东道国(地区)市场购买力的上升也将提升跨国企业在东道国(地区)的收益。因此,我们加入市场规模和市场购买力作为控制变量。沿用文献,我们使用 GDP 来衡量一国市场规模(巴克利等,2007),使用人均 GDP 来衡量东道国(地区)居民的人均购买力(贝纳西 - 奎雷等,2007)。GDP 和人均 GDP 数据均来源于世界银行 WDI 数据库。

3. 双边经贸关系

克拉维斯和利普西(Kravis & Lipsey,1982)指出一国的贸易开放度能够显著地、正向地影响该国吸收对外直接投资的能力,即双边经贸关系越紧密,中国向东道国(地区)的直接投资规模也将越大。由此,本章使用当期中国对东道国(地区)的进出口总额来控制双边经贸关系对中国对外直接投资的影响。数据来源国际货币基金组织贸易指导统计(Direction of Trade Statistics,DOTS)数据库,其中,出口额参照中国对东道国(地区)的出口数据按离岸价格(Free on Board)统计得到,进口额按照包括运费、保险在内的到岸价格(Cost, Insurance, Freight)统计得到。

4. 自然资源禀赋

中国正处于工业化进程中，对于自然资源需求量较大，而国内自然资源相对不足，因此东道国（地区）的自然资源禀赋是影响中国对外直接投资的重要因素（王永钦等，2014）。参照张和钱（2009）的做法，我们采用东道国（地区）矿产和能源出口占总出口的比例来衡量东道国（地区）的自然资源禀赋。数据来自世界银行 WDI 数据库。

5. 制度环境

东道国（地区）制度因素是影响对外直接投资区位选择的重要因素（魏，2000；阿尔奎斯特等，2019）。本章采用世界银行世界治理指标（Worldwide Governance Indicators，WGI）来衡量东道国（地区）的制度环境。WGI 将制度风险划为 6 个指数，分别为话语权和问责制（Voice and Accountability，VA）、政治稳定和暴力（Political Stability and Absence of Violence，PS）、治理效率（Government Effectiveness，GE）、制度质量（Regulatory Quality，RQ）、法制（Rule of Law，RL）和腐败控制（Control of Corruption，CC）指数。每个指数的取值范围为 -2.5 到 2.5，数值越大表示制度环境越好。由于各个指数之间存在相关性，同时加入回归模型会存在多重共线性问题，因此，我们取 6 个指标的均值来衡量东道国（地区）整体的制度环境，即制度环境指标 =(VA+RL+PS+GE+RQ+CC)/6。

表6-1 变量定义及来源

变量	定义	来源
中国企业对外直接投资额	当期中国对外直接投资流量（自然对数）	历年《对外直接投资统计公报》
东道国（地区）金融发展水平	东道国（地区）私人部门信贷规模和股票市场总值之和 /GDP	世界银行 GFDD 数据库
中国金融市场流动性	中国广义货币供给与 GDP 之比	中经网统计数据库
中国金融市场深度	中国股票市场成交额与 GDP 之比	

变量	定义	来源
地理距离	中国与东道国(地区)首都的地理距离(自然对数)	CEPII 数据库
GDP	东道国(地区)GDP(自然对数)	世界银行 WDI 数据库
人均 GDP	东道国(地区)人均 GDP(自然对数)	世界银行 WDI 数据库
双边贸易	东道国(地区)与中国进出口总额(自然对数)	国际货币基金组织 DOTS 数据库
自然资源禀赋	东道国(地区)矿产和能源出口占总出口比例	世界银行 WDI 数据库
制度环境	东道国(地区)制度环境 = $(VA+RL+PS+GE+RQ+CC)/6$	世界银行 WGI 数据库
双边关系	建交周年数(自然对数)	商务部网站
共同边界	中国与东道国(地区)相邻则取1;否则取0	CEPII 数据库
共同语言	若东道国(地区)官方语言为中文则取1;否则取0	CEPII 数据库

注:笔者整理。

6. 双边关系

友好的外交关系可以减少贸易摩擦,从而降低交易成本,促进双边经贸发展[欧和塞尔米尔(Oh & Selmier),2008],所以本章加入中国与东道国(地区)之间的双边关系作为控制变量。参照方英和池建宇(2015)的做法,我们取中国与东道国(地区)的建交周年数来衡量双边关系,数据来源于中华人民共和国外交部官网。

7. 共同边界和共同语言

语言和边界是产生贸易壁垒的重要因素之一[埃亨等(Ahern et al.),2015],故本章加入东道国(地区)是否与中国共享边界和官方语言作为控制变量。若中国与东道国(地区)是邻国,则共同边界这一变量取1,否则取0;若中国与东道国(地区)使用相同的官方语言,则共同语言这一变量取1,否则取0。数据来源 CEPII 数据库。表6-1列出了本章所选取变量的定义及来源。

三、统计描述

考虑到 $OFDI_{it}$ 为零的样本,参照杨宏恩等(2016)的做法,本书使用 $ln(OFDI_{it}+1)$ 代替 $ln(OFDI_{it})$。另外,在估计模型参数时,为降低异方差性,我们对中国对外直接投资流量、地理距离、东道国(地区)GDP、人均 GDP、东道国(地区)进出口额、建交时长均取自然对数,部分缺失值采用线性插值和线性外推法补齐。为了保证面板数据的平衡,我们删去了变量缺失过多的样本国家(地区),最终选取 157 个样本国家(地区)进行经验分析。表 6-2 列出了主要变量的描述性统计。

表6-2 主要变量的描述性统计

变量	均值	标准差	最小值	最大值	样本容量
中国金融发展指标					
中国金融市场流动性	1.82	0.22	1.49	2.16	19
中国金融市场深度	0.57	0.26	0.17	1.21	19
东道国(地区)相关变量					
中国对外直接投资额	5.57	4.11	0	14.35	2983
金融发展	0.76	0.77	0.01	5.26	2983
地理距离	8.98	0.50	6.86	9.87	2983
市场规模	24.45	2.23	18.44	30.78	2983
市场购买力	8.52	1.55	4.74	11.80	2983
双边经贸关系	7.48	2.66	0.21	13.54	2983
自然资源禀赋	8.27	14.92	0	66.06	2983
制度环境	-0.05	0.91	-2.02	1.95	2983
双边关系	3.55	0.63	0	4.29	2983
共同边界	0.01	0.11	0	1	2983
共同语言	0.08	0.27	0	1	2983

注:笔者整理。

图 6-1 列出了样本中东道国(地区)金融发展水平的密度分布。可以看出,东道国(地区)金融发展水平大多介于 0—3,少数东道国(地区)的金融发展水平大于 3。在 2003—2021 年间的 157 个样本国中,金融发展水平指标的最大

值是 5.26（2020，伊朗），最小值是 0.007（2004，几内亚比绍）。

接下来，我们观察一下东道国（地区）金融发展水平与中国对外直接投资之间的简单相关关系，图 6-2 展示了相关结果。其中，横轴表示 2003—2021 年东道国（地区）金融发展的均值，纵轴表示 2003—2021 年中国对该东道国（地区）直接投资流量均值的自然对数。可以看出，东道国（地区）金融发展水平和中国对外直接额之间呈正向相关关系，这可能意味着，随着东道国（地区）金融发展水平的上升，中国向该国（地区）的直接投资流量也会随之上升。接下来，本章将进行更为严谨的经验研究来检验东道国（地区）金融发展水平和中国对外直接投资流量之间的关系。

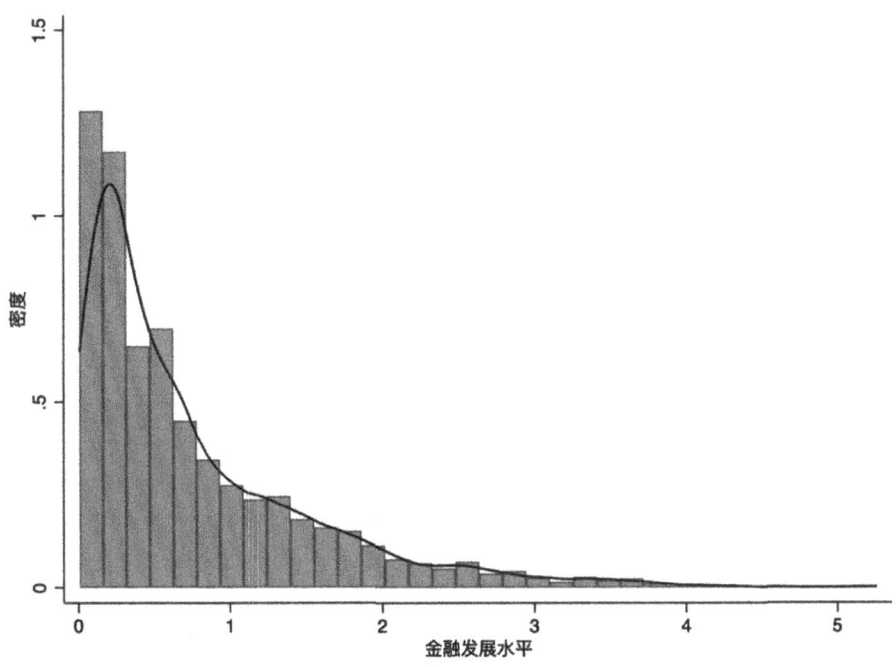

图6-1　东道国（地区）金融发展水平的密度分布（2003—2021）
数据来源：世界银行 GFDD 数据库，经笔者整理所得。

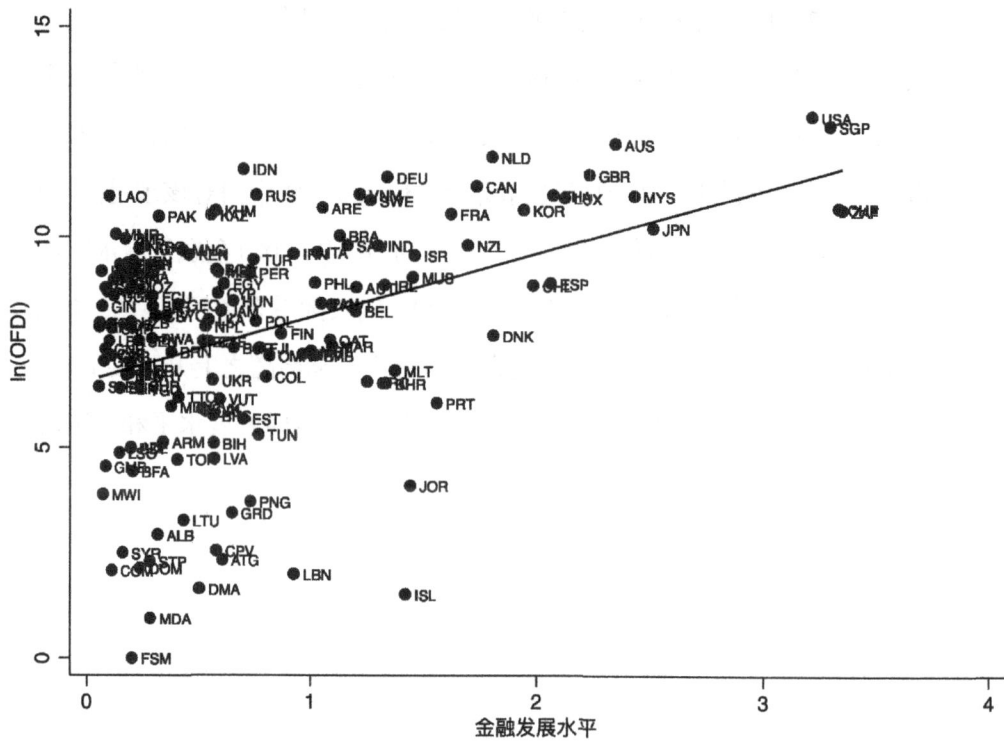

图6-2 东道国(地区)金融发展水平与中国对外直接投资(2003—2021)

注:横轴为2003—2021年东道国(地区)金融发展水平均值,纵轴为2003—2021年中国对东道国(地区)直接投资流量均值的自然对数。数据来源于世界银行GFDD数据库,2003—2021年《中国对外直接投资统计公报》。经笔者整理所得。

第三节　基准检验结果分析

由于因变量(中国对外直接投资流量自然对数)是大于等于零的有限因变量,采用普通最小二乘回归会出现偏差[马达拉(Maddala),1983],而Tobit模型(Tobit Model)可以控制可能存在的非线性项对回归结果的影响。所以,我们首先利用Tobit模型对等式(6.1)进行估计,作为基准检验结果,同时将截取下限设为0,检验结果列于表6-3中。

表6-3的模型(1)仅考虑控制变量对中国对外直接投资的影响。可以看出,控制变量中,地理距离系数估计值为0.661,且在1%显著性水平下统计显著,这说明地理距离的扩大会促进中国的对外直接投资,这与通常的理论预期并不一致。我们认为产生这一现象可能的原因是随着中国对外直接投资的发展,中国跨国企业的投资目的地逐渐转向位于西欧和北美地区的发达国家,这些东道国(地区)虽然与中国的地理距离较远,但吸引着学习型、技术导向型中国对外直接投资的流入。模型(1)中东道国(地区)GDP的系数估计值显著为负,而在加入金融发展作为控制变量之后,这一系数的估计值为正,但遗憾的是,这一变量在10%水平下不具有统计显著性。这说明东道国(地区)的市场规模的扩大和中国直接投资的流入之间没有显著关系。东道国(地区)人均GDP系数估计值负,且在1%水平下统计显著,这与宗芳宇等(2012)的结论一致,我们认为产生这一现象可能的原因是人均GDP可以衡量东道国(地区)的劳动力水平(赫尔普曼,1987),而较低的劳动力成本可以吸引更多直接投资的流入[塞蒂等(Sethi et al.),2003]。东道国(地区)与中国双边贸易额总额系数的估计值为正,且在1%水平下统计显著,这表明紧密的双边经贸关系能够显著地促进中国向东道国(地区)的直接投资流量。产生这一现象的原因是出口经验可以帮助企业获取海外投资的知识,从而促进企业进行国际直接投资(罗等,2010)。东道国(地区)制度环境系数的估计值显著为负,但这一指标在控制了金融发展变量之后符号和显著性均发生了明显变化,本章将在接下来的内容中进一步分析制度环境对中国对外直接投资的影响。自然资源禀赋的系数估计值为正,但在10%的水平下不具有统计显著性。共同语言的系数估计值显著为正,这说明官方语言的相似能够促进中国企业在东道国(地区)当地进行投资。共同边界的系数估计值在1%统计性水平下显著,说明中国企业倾向投资于相邻国家。建交时长在1%的显著性水平下统计显著,且系数为正,这表明中国企业倾向于在建交时间较长的国家进行直接投资,这是因为双边稳定的外交关系能够促进两国之间的国际经贸合作。

模型(2)、(3)加入中国金融发展指标,进一步考察了中国金融发展水平对其海外直接投资的影响。模型(2)的结果指出,中国金融市场流动性指标估计系数显著为正,这意味着中国金融市场流动性越强,企业可以获得的资金越多,企业越倾向于对外直接投资。中国金融市场深度指标系数估计值为0.979,但遗憾的是,这一指标在10%水平下不具有统计显著性。模型(3)的结果显示,在控制了年份固定效应之后,中国金融发展变量在10%显著性水平下均不具有统计显著性,这意味着中国对外直接投资更多地会受到东道国(地区)特征的影响。值得注意的是,控制变量中东道国(地区)制度环境和自然资源禀赋估计系数的显著性发生了改变,均显著为正,且这一结果在模型(4)中依然稳健,这说明中国企业倾向投资于制度较为完善且自然资源禀赋较为丰富的东道国(地区)。

模型(4)在模型(2)、(3)的基础上加入东道国(地区)金融发展变量,进一步考察东道国(地区)金融发展对中国海外投资的影响。可以看出,东道国(地区)金融发展水平估计系数在1%水平下显著为正,说明东道国(地区)金融发展水平的提高会吸引中国直接投资的流入,这一结论与余官胜(2015)的研究发现一致。

表6-3 基准检验结果

	模型(1)	模型(2)	模型(3)	模型(4)
金融发展				0.515***
				(0.133)
中国金融市场流动性		4.364***	3.397	3.423
		(0.346)	(3.552)	(3.548)
中国金融市场深度		0.979	1.958	1.936
		(0.925)	(1.340)	(1.336)
地理距离	0.661***	0.413***	0.293**	0.334**
	(0.150)	(0.144)	(0.142)	(0.142)

	模型(1)	模型(2)	模型(3)	模型(4)
东道国(地区)GDP	-0.443***	-0.0352	0.117	0.0999
	(0.0722)	(0.0742)	(0.0749)	(0.0749)
东道国(地区)人均GDP	-0.199**	-0.556***	-0.731***	-0.754***
	(0.0849)	(0.0846)	(0.0853)	(0.0854)
双边贸易	1.659***	1.266***	1.122***	1.100***
	(0.0649)	(0.0671)	(0.0678)	(0.0680)
自然资源禀赋	0.00649	0.0400***	0.0478***	0.0482***
	(0.00665)	(0.00676)	(0.00669)	(0.00667)
制度环境	-0.422***	0.122	0.355**	0.246*
	(0.139)	(0.138)	(0.138)	(0.141)
双边关系	1.426***	0.976***	0.866***	0.865***
	(0.107)	(0.105)	(0.104)	(0.104)
共同语言	1.320**	1.766***	1.927***	1.567***
	(0.549)	(0.525)	(0.515)	(0.525)
共同边界	1.163***	1.381***	1.387***	1.426***
	(0.284)	(0.271)	(0.266)	(0.266)
常数项	-5.310***	-14.15***	-17.43***	-17.34***
	(1.945)	(1.965)	(2.874)	(2.867)
年份固定效应	无	无	控制	控制
样本容量	2983	2983	2983	2983
R^2	0.145	0.145	0.166	0.167

注：括号内为稳健标准误差。***、**和*分别表示在1%、5%和10%水平下显著。

第四节 进一步分析

中国企业在"走出去"的不同阶段可能需要不同类型的金融服务,所以金融发展对中国对外直接投资的影响可能随着中国对外开放阶段的变迁而发生变化。为了捕捉金融发展与中国对外直接投资之间的动态关系,本章使用分位数回归的方法进行参数估计。相较于普通最小二乘回归,基于分位数回归的参数估计结果能够提供更加丰富的统计信息,且估计结果也更加稳健(李子奈和叶阿忠,2012)。分位数回归方法由科恩克尔和巴塞特(Koenker & Basset,1978)提出,他们将条件分位数与线性回归相结合,且避免了极端值对估计结果的影响。基于分位数回归的经验分析能够帮助我们了解金融发展如何影响处于不同发展阶段的中国对外直接投资。另外,鉴于表6-3的结果显示中国金融市场流动性和金融市场深度指标均不显著,本节的研究中将这两个变量删去,因而本节的计量模型为:

$$\ln(OFDI_{it}) = \alpha + \beta \times FD_{it} + \theta Y_{it} + \gamma_t + \varepsilon_{it} \qquad (6.2)$$

式(6.2)中变量的定义与式(6.1)相同,在此不再重复表述。

一、分位数回归检验结果

表6-4列出了全样本的Tobit模型和分位数模型检验估计结果,模型(1)显示,剔除中国金融发展指标之后,东道国(地区)金融发展水平的估计系数为0.585,且在1%水平下统计显著。这一结果说明,从总体上说,东道国(地区)金融发展水平的提高会吸引中国企业的直接投资。其他控制变量的估计结果与表6-3类似,在此不再赘述。

表6-4 Tobit模型和分位数模型检验结果

变量	模型(1)	模型(2)	模型(3)	模型(4)	模型(5)	模型(6)
	Tobit回归	分位数回归				
		10%	25%	50%	75%	90%
金融发展	0.585***	0.552*	0.609***	0.414**	0.487***	0.493***
	(0.166)	(0.296)	(0.192)	(0.183)	(0.120)	(0.138)
地理距离	0.657***	0.795	0.430**	0.376*	0.447**	0.0500
	(0.226)	(0.566)	(0.198)	(0.201)	(0.180)	(0.217)
东道国(地区)GDP	0.173	0.303	0.645***	0.222	-0.137	0.0209
	(0.187)	(0.272)	(0.232)	(0.205)	(0.178)	(0.140)

变量	模型(1)	模型(2)	模型(3)	模型(4)	模型(5)	模型(6)
	Tobit 回归	分位数回归				
		10%	25%	50%	75%	90%
东道国(地区)人均 GDP	-1.369*** (0.171)	-1.509*** (0.341)	-1.687*** (0.260)	-1.255*** (0.187)	-0.681*** (0.119)	-0.307*** (0.0983)
双边贸易	1.214*** (0.171)	1.005*** (0.254)	1.034*** (0.207)	1.066*** (0.183)	0.942*** (0.172)	0.517*** (0.141)
自然资源禀赋	1.210*** (0.462)	0.436 (0.733)	1.667** (0.691)	2.065*** (0.487)	1.188*** (0.373)	0.995*** (0.258)
制度环境	0.554** (0.265)	0.801** (0.382)	0.720* (0.420)	0.648** (0.315)	0.279 (0.207)	0.0945 (0.130)
双边关系	0.613*** (0.189)	0.202 (0.192)	0.533*** (0.183)	0.451*** (0.166)	0.253* (0.150)	0.138 (0.123)
共同语言	1.330** (0.664)	2.608 (2.430)	1.456** (0.707)	1.426* (0.794)	0.654 (0.451)	0.979* (0.503)
共同边界	1.433*** (0.406)	0.704 (1.390)	0.813 (0.645)	0.793** (0.362)	1.372*** (0.277)	1.116*** (0.314)
年份固定效应	控制	控制	控制	控制	控制	控制
常数项	-7.664** (3.190)	-10.31 (7.671)	-13.97*** (4.310)	-4.312 (3.179)	2.050 (2.293)	3.611 (2.331)
样本容量	2983	2983	2983	2983	2983	2983
伪 R^2	0.1006	0.0523	0.3254	0.3191	0.2956	0.2946

注：Tobit 回归括号内为稳健标准误差，分位数回归括号中为 Boostrap 标准误差；***、** 和 * 分别表示在 1%、5% 和 10% 水平下显著。

本节研究选取五个具有代表性的分位点（10%、25%、50%、75%、90%），考察了东道国（地区）金融发展对处于不同阶段的中国对外直接投资影响的差异性，其结果分别列于表 6-4 的模型（2）、（3）、（4）、（5）、（6）中，主要结论有以下两点。第一，分位数模型回归结果显示，东道国（地区）金融发展在所有分位点均至少通过 10% 的显著性检验，这表明东道国（地区）金融发展水平的提升会对处于不同发展阶段的中国直接投资均产生正向促进作用。第二,东道国(地区)金融发展在低分位数处(10% 和 25%)的系数估计值大于在高分位数处(50%、75% 和 90%)的系数估计值。具体来说,在 10% 分位数下东道国(地区)金融发展的系数估计值为 0.552,且在 10% 显著性水平下统计显著;在 25% 分位数处,金融发展系数的估计值最大,为 0.609,且在 1% 的显著性水平下统计显著;在 50% 分位数下这一系数的估计值转变为 0.414;在 75%、90% 分位数下这一系数的估计值分别为 0.487 和 0.493,且均通过 1% 显著性检验。综合来说,这一结果反映出在条件分布的左端,东道国(地区)金融发展水平的提升对中国对外直接投资的影响较强,而在条件分布的右端,金融发展水平对中国对外直接投资的影响较弱。

二、基于东道国(地区)收入水平差异的检验结果

研究表明,东道国(地区)的收入水平会影响跨国企业的投资决策(蒋冠宏和曾靓,2020)。高收入国家市场经济发展水平高,当地企业在技术、管理方面经验丰富,中国企业面临的进入门槛较高;而中低收入国家市场经济发展较为落后,中国企业在当地容易发挥竞争优势,面临的进入门槛也较低。所以本节根据世界银行的分类标准,将样本国家(地区)分为高收入经济体和中低收入经济体两组[①],其回归结果分别列于表 6-5 和表 6-6 中[②]。

表 6-5 的检验结果显示,东道国(地区)金融发展水平的系数在所有分位数处系数均为正,且除了 50% 分位数以外,金融发展系数均通过 10% 的显著性检验,这表明中国企业在高收入经济体的直接投资行为会受到当地融资环境的影响,当地融资环境的改善可以显著增加中国企业的直接投资额。

---

① 根据世界银行分类标准,2021 年人均 GNI 收入小于等于 1036 美元的国家为低收入国家(地区);人均 GNI 大于 1036 美元且小于 12535 美元的国家为中等收入国家(地区);人均 GNI 大于等于 12535 美元的国家为高收入国家(地区)。样本共包括 53 个高收入国家(地区)、104 个中低收入国家(地区)。

② 囿于篇幅限制,表 6-5 至 6-8 均未列出除了东道国(地区)金融发展水平之外其他解释变量的估计结果,如有需要,可向笔者索取。

中低收入经济体的检验结果显示(表6-6),在10%、25%和50%的低分位数处,东道国(地区)的金融发展并不会显著影响中国对其的直接投资额;而在75%和90%等高分位数处,东道国(地区)金融发展系数通过1%的显著性检验。这一结果表明东道国(地区)的金融发展水平并不会影响中国在当地的初始直接投资,但随着中国对外直接投资的发展,中国企业在当地直接投资额不断上升,东道国(地区)当地金融环境对中国企业直接投资的正向影响也逐渐增强。我们认为产生这一结果的可能原因是中国企业在中低收入经济体的初始直接投资带有一定的援助性质,这些直接投资的主要目的是为了积极与东道国(地区)开展国际产能合作和基础设施建设互联,为当地创造就业并带动经济增长。因此,中国企业对东道国(地区)当地的金融环境关注较少,导致东道国(地区)金融发展对这一类投资的影响较小。

表6-5 高收入经济体的检验结果

变量	模型(1) 10%	模型(2) 25%	模型(3) 50%	模型(4) 75%	模型(5) 90%
金融发展	1.029*** (0.350)	0.628*** (0.222)	0.0334 (0.197)	0.436** (0.209)	0.505* (0.288)
控制变量	控制	控制	控制	控制	控制
年份固定效应	控制	控制	控制	控制	控制
常数项	-5.963 (12.57)	-14.34** (6.204)	-12.62*** (3.967)	-7.383* (3.853)	-1.054 (5.885)
样本容量	1007	1007	1007	1007	1007
伪 R^2	0.1174	0.3817	0.4509	0.4266	0.4040

注:①由于高收入水平国家均不与中国相邻,回归时删去共同边界这一虚拟变量,故表6-5中控制变量包括地理距离、GDP、人均GDP、双边经贸、制度环境、自然资源禀赋、双边关系和共同语言。②括号内为Boostrap标准误差,***、**和*分别表示在1%、5%和10%水平下显著。

表6-6 中低收入经济体的检验结果

变量	模型(1) 10%	模型(2) 25%	模型(3) 50%	模型(4) 75%	模型(5) 90%
金融发展	-0.427	-0.381	0.278	0.485***	0.434***
	(0.647)	(0.501)	(0.297)	(0.155)	(0.152)
控制变量	控制	控制	控制	控制	控制
年份固定效应	控制	控制	控制	控制	控制
常数项	0.649	-2.585	-5.153	3.067	4.786*
	(8.963)	(6.681)	(4.131)	(2.254)	(2.648)
样本容量	1976	1976	1976	1976	1976
伪 R^2	0.0808	0.3144	0.2942	0.2956	0.3005

注：①表6.6中控制变量包括地理距离、GDP、人均GDP、双边经贸、制度环境、自然资源禀赋、双边关系、共同语言和共同边界。②括号内为Boostrap标准误差，***、**和*分别表示在1%、5%和10%水平下显著。

三、基于金融中介和股票市场的渠道检验结果

在表6-3至表6-6的检验中，我们采用了金融中介和股票市场规模的总和来衡量东道国（地区）的金融发展水平。在本小节中，我们将金融发展变量拆分为金融中介发展和股票市场发展两个指标，分别采用东道国（地区）金融机构流向私人部门的贷款余额占GDP的比重和股票市场总值占GDP的比重来衡量，进一步区分东道国（地区）金融中介和股票市场对中国对外直接投资的影响。

类似图6-1和图6-2，图6-3列出了东道国（地区）金融中介发展水平和股票市场发展水平的密度分布图和这两类指标与中国对外直接投资的散点图。图6-3（a）和6-3（b）示，东道国（地区）金融中介发展水平与股票市场发展水平均大多介于0~1.5；图6-3（c）和图6-3（d）显示，东道国（地区）金融中介规模和股票市场发展水平均与中国对外直接投资额之间存在正向的相关关系，不同的是，东道国（地区）金融中介发展水平与中国对外直接投资之间的正向关系较弱。接下来，我们将继续采用分位数回归模型，检验东道国（地区）金融

中介发展水平和股票市场发展水平与中国对外直接投资之间的关系。

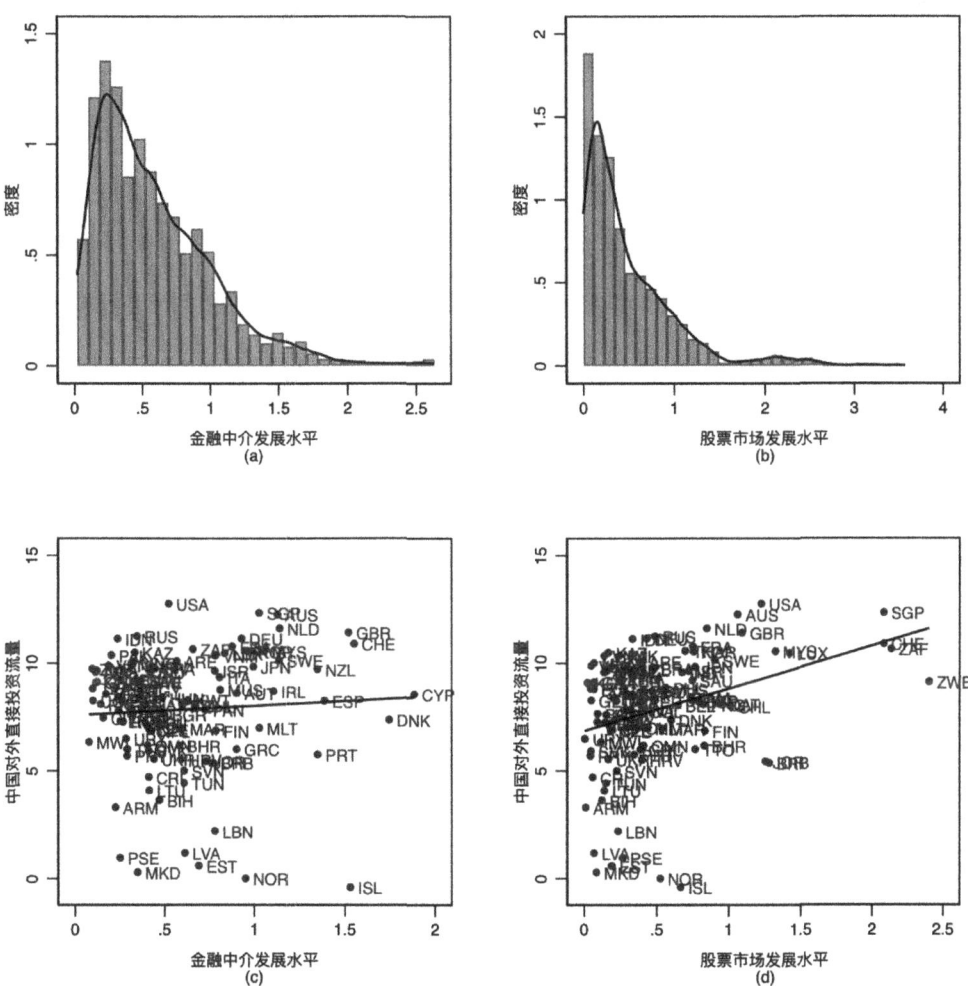

图6-3 东道国（地区）金融中介和股票市场发展水平与中国对外直接投资
（2003—2021）

注：图(a)和图(b)分别为东道国(地区)金融中介发展水平和股票市场发展水平密度分布(2003—2021)。图(c)和图(d)分别为东道国(地区)金融中介发展水平和股票市场发展水平与中国对外直接投资的散点图。其中，图(c)的横轴代表2003—2021年东道国(地区)金融中介发展水平均值,图(d)的横轴代表2003—2021年东道国(地区)股票市场发展水平均值,图(c)和图(d)纵轴均为2003—2021年中国对该东道国(地区)直接投资流量均值的自然对数。数据来源于世界银行GFDD数据库,《中国对外直接投资统计公报(2003—2021)》。

表6-7和表6-8分别列出了基于东道国(地区)金融中介和股票市场的渠道检验结果。综合表6-7和表6-8的检验结果可以发现,除了90%分位数以外,金融中介指标在其余分位数处系数均未能通过10%的显著性检验;而股票市场发展指标在所有分位数处均通过5%的显著性检验。上述经验结果表明,在跨国投资过程中,中国企业对东道国(地区)金融中介的依赖度较小,而对东道国(地区)股票市场的依赖度较大。这或许是因为中国金融市场以银行为主导(张宽和黄凌云,2019),政策性银行、全国股份制商业银行等银行金融机构为中国跨国企业提供了有力的信贷支持,从而降低了中国企业对东道国(地区)金融中介的依赖度。

表6-7 基于金融中介发展指标的检验结果

变量	模型(1) 10%	模型(2) 25%	模型(3) 50%	模型(4) 75%	模型(5) 90%
金融中介发展指标	0.308 (0.479)	0.185 (0.392)	-0.151 (0.259)	0.232 (0.247)	0.428* (0.218)
控制变量	控制	控制	控制	控制	控制
年份固定效应	控制	控制	控制	控制	控制
常数项	-12.68 (7.926)	-13.37*** (4.381)	-5.280* (3.004)	1.715 (2.402)	3.763* (2.209)
样本容量	2983	2983	2983	2983	2983
伪 R^2	0.0472	0.3208	0.3167	0.2887	0.2868

注:①表6-7中控制变量包括地理距离、GDP、人均GDP、双边经贸、制度环境、自然资源禀赋、双边关系、共同语言和共同边界;②括号内为Boostrap标准误差,***、**和*分别表示在1%、5%和10%水平下显著。

表6-8 基于股票市场发展指标的检验结果

变量	模型(1) 10%	模型(2) 25%	模型(3) 50%	模型(4) 75%	模型(5) 90%
股票市场发展指标	0.978** (0.460)	1.032*** (0.271)	1.101*** (0.243)	0.805*** (0.162)	0.756*** (0.228)

变量	模型(1) 10%	模型(2) 25%	模型(3) 50%	模型(4) 75%	模型(5) 90%
控制变量	控制	控制	控制	控制	控制
年份固定效应	控制	控制	控制	控制	控制
常数项	-10.53 (7.507)	-12.75*** (4.106)	-4.120 (2.832)	2.317 (2.412)	3.794 (2.362)
样本容量	2983	2983	2983	2983	2983
伪 R^2	0.0528	0.3287	0.3245	0.2999	0.2974

注：①表6.8中控制变量包括地理距离、GDP、人均GDP、双边经贸、制度环境、自然资源禀赋、双边关系、共同语言和共同边界；②括号内为Boostrap标准误差，***、**和*分别表示在1%、5%和10%水平下显著。

四、稳健性检验结果

为了避免可能存在的内生性，本节将金融发展、东道国(地区)市场规模和市场潜力、双边经贸关系等控制变量均取一阶滞后，其结果列于表6-9中。可以发现，与表6-3相比，关键变量的系数和显著性并未发生明显变化，说明本章得到的结论具有一定的稳健性。

表6-9 稳健性检验结果

变量	模型(1) Tobit回归	模型(2)	模型(3)	模型(4)	模型(5)	模型(6)
		分位数回归				
		10%	25%	50%	75%	90%
金融发展	0.624*** (0.185)	0.540* (0.279)	0.675*** (0.214)	0.438** (0.211)	0.591*** (0.156)	0.538*** (0.157)
地理距离	0.656*** (0.226)	0.718 (0.570)	0.304 (0.217)	0.418** (0.185)	0.524*** (0.185)	0.0961 (0.220)
东道国(地区)GDP	0.177 (0.188)	0.345 (0.283)	0.720*** (0.230)	0.235 (0.192)	-0.107 (0.174)	0.0105 (0.152)
东道国(地区)人均GDP	-1.394*** (0.172)	-1.508*** (0.382)	-1.695*** (0.259)	-1.261*** (0.198)	-0.706*** (0.131)	-0.306*** (0.101)

变量	模型(1) Tobit 回归	模型(2)	模型(3)	模型(4)	模型(5)	模型(6)
		分位数回归				
		10%	25%	50%	75%	90%
双边贸易	1.234***	0.959***	1.025***	1.104***	0.947***	0.561***
	(0.172)	(0.274)	(0.200)	(0.168)	(0.170)	(0.149)
自然资源禀赋	1.249***	0.636	1.829***	1.995***	1.299***	0.920***
	(0.462)	(0.833)	(0.697)	(0.517)	(0.379)	(0.245)
制度环境	0.569**	0.740*	0.730*	0.656**	0.278	0.0888
	(0.265)	(0.389)	(0.401)	(0.323)	(0.217)	(0.151)
双边关系	0.588***	0.202	0.430**	0.422***	0.235	0.141
	(0.189)	(0.197)	(0.195)	(0.151)	(0.163)	(0.132)
共同语言	1.210*	2.591	1.144	1.164	0.636	0.726
	(0.682)	(2.404)	(0.705)	(0.814)	(0.506)	(0.539)
共同边界	1.396***	0.631	0.780	0.716**	1.480***	1.186***
	(0.407)	(1.546)	(0.673)	(0.352)	(0.265)	(0.320)
年份固定效应	控制	控制	控制	控制	控制	控制
常数项	-7.622**	-10.27	-14.62***	-5.114*	0.746	3.121
	(3.199)	(7.686)	(4.231)	(3.042)	(2.208)	(2.498)
样本容量	2983	2983	2983	2983	2983	2983
伪 R^2	0.1005	0.0497	0.3249	0.3187	0.2952	0.2941

注：Tobit 回归括号内为稳健标准误差，分位数回归括号内为 Boostrap 标准误差，***、** 和 * 分别表示在 1%、5% 和 10% 水平下显著。

第五节 小 结

利用微观企业数据,第四章和第五章分别检验了中国和东道国(地区)金融发展对中国企业对外直接投资的融资约束缓解机制,研究结论指出中国和东道国(地区)金融发展水平的提高均有助于中国企业进行对外直接投资。在上述研究的基础上,本章利用 2003—2021 年间中国对 157 个国家(地区)的直接投资数据,进一步对双边金融发展和中国对外直接投资之间的宏观调节机制进行再检验。首先,本章采用私人部门贷款余额和股票市场总值占 GDP 之比衡量东道国(地区)金融发展水平,采用中国广义货币供给占 GDP 之比和中国股票市场总额占 GDP 之比衡量中国金融发展水平,构建基准计量模型。基准检验结果指出,第一,紧密的双边经贸和政治关系、东道国(地区)完善的市场制度和丰富的自然资源禀赋都会促进中国对该东道国(地区)的对外直接投资规模上升。同时,地理距离的增加并不会阻碍中国对该东道国(地区)的直接投资规模上升。第二,从宏观上说,中国金融市场的流动性和股票市场深度的上升与中国对外直接投资规模之间没有显著关系,这一结论说明中国金融市场的发展水平还有待提高,中国金融市场应成为助力企业海外投资的重要竞争优势。第三,从总体上说,东道国(地区)金融发展水平的提高会正向促进中国对其直接投资额的上升,这意味着东道国(地区)完善的金融市场是吸引中国企业进行直接投资的一个重要因素。

在基准检验的基础上,本章进一步利用分位数回归模型探讨了东道国(地区)金融发展与中国对外直接投资之间的动态关系。分位数模型的检验结果指出,东道国(地区)金融发展对处于低分位数处中国对外直接投资的影响大于对处于高分位数处直接投资的影响。分样本检验结果显示东道国(地区)金融发展对中国对外直接投资的影响机制因国家收入水平的不同而表现出了国别差异。当东道国(地区)为高收入经济体时,中国企业面临的进入门槛较高,对外部融资环境的依赖度较大,因而金融发展会显著影响中国企业在发达经济体的直接投资额;当东道国(地区)为中低收入经济体时,中国企业对其的直接投资带有一定援助性质,因而对金融市场的依赖度较低,这也导致金融发展对中国企业在当地直接投资额没有显著影响。另外,基于金融中介发展指标和股票市场发展指标的渠道检验结果表明,中国企业对东道国(地区)股票市场的融资依赖度更大。

基于本章的研究结论,我们有以下政策建议。第一,鼓励企业在东道国(地区)积极寻求金融资源,努力通过信贷市场和资本市场寻求资金支持,从而缓解自身融资困境并提升国际竞争力。第二,随着中国对外直接投资的不断发展和产业链的不断升级,中国企业在高收入国家的投资额逐渐上升。在这一背景下,政府部门应加大对在发达国家投资企业的扶持力度,帮助企业挖掘自身竞争优势,提升企业在全球价值链中的地位。第三,中国企业在对外直接投资过程中依赖东道国(地区)的股票市场,这一结论说明中国股票市场可能不能为中国跨国企业提供足够的融资支持。显然,中国金融市场的发展优势能够促进中国企业"走出去",故我们建议政府应进一步加大金融市场改革力度,大力构建更加多样化的金融市场,强化金融市场为实体经济服务的功能,为跨境投资企业提供更加丰富的金融产品,帮助企业克服融资困境。

第七章　主要结论与政策建议

第一节　主要结论

对外直接投资是中国企业参与全球经济一体化的重要途经。通过参与国际直接投资,中国企业能够在全球范围内进行资源的有效配置,并深度参与国际分工,从而提升自身在国际市场中的地位。中国企业对外直接投资取得的巨大成就不仅为中国经济社会发展做出重要贡献,也为实现中国与世界各国互利共赢、共同发展发挥了重要作用。

然而,中国企业的国际化进程并非一帆风顺,由于海外投资项目固定成本较高,企业自有资金一般难以满足投资需求,因而融资约束成为中国企业在国际化过程中面临的主要困难。事实上,企业的国际化过程离不开外部金融服务的支持,基于发达国家的研究结果表明,金融发展可以为企业出口或对外直接投资提供可靠的外部资金支持,从而促进跨国企业进行海外市场扩张(德博尔德斯和魏,2017)。那么,外部融资环境和企业自身的融资能力是如何影响中国企业的对外直接投资行为的呢？面临融资约束,中国企业应该如何进行更加高效的对外直接投资呢？

对于上述问题的回答不仅有助于我们拓宽传统理论对于金融发展影响企业对外直接投资的研究框架和研究范畴,还能为中国迈向经济高质量发展新阶段提供微观学理基础。因此,本书聚焦融资约束视角,深入探讨了金融发展如何影响中国企业的对外直接投资行为。首先,本书从理论上明晰了金融发展和融资约束对企业对外直接投资的作用机制,指出金融发展可以通过直接效应和间接效应两种渠道作用于中国企业对外直接投资。接下来,从企业融资约束角度出发,本书分别研究了中国金融发展和东道国(地区)金融发展对中国企业对外直接投资的影响。最后,基于国家层面数据,本书利用分位数回归模型,检验了双边金融发展对中国对外直接投资的宏观调控作用和动态演化途径。下面我们回顾一下本书主要的研究发现和结论。

一、金融发展和融资约束影响中国企业对外直接投资的理论机制

首先,本书梳理了对外直接投资的相关理论文献,不同理论解释了不同特征的国际资本流动现象。海默(1960)提出的垄断优势理论明确了跨国企业自身具备的特定垄断优势是其进行跨国投资的主要原因,这一理论是对传统国际贸易理论的重大突破,成为国际直接投资理论的一大里程碑。巴克利和卡森(1976)提出的内部化理论则从市场不完全角度出发,指出降低内部交易成本是企业跨境投资的主要动机,这一理论很好地解释了二战后发达国家对外直接投资规模的快速增长。邓宁(1988)提出的国际生产折衷理论则是对垄断优势理论和内部化理论的进一步升华,这一理论通过引入东道国(地区)区位优势从而完善了传统对外直接投资理论体系。结合国际投资发展出现的新特征,梅利兹(2003)提出的新新贸易理论打破了传统直接投资理论的局限性,基于企业生产率异质性假设分析了企业国际生产投资决策的决定因素,由此衍生出的异质性企业国际直接投资理论和全球产业组织理论则进一步从微观视角丰富和完善了对外直接投资的理论分析框架。

其次,基于企业生产率异质性分析框架,本书在赫尔普曼等(2004)提出的异质性企业国际直接投资中引入企业融资约束条件,理论分析结果表明企业面临的融资约束会提高其进入海外市场的生产率门槛,从而抑制企业的对外直接

投资。在此基础上,本书分析了中国融资环境与中国对外直接投资的关系,结果表明中国金融发展可以通过提高企业可抵押品的价值和降低面临融资约束企业的数量等方式降低企业进入海外市场的生产率门槛,从而有利于中国企业的对外直接投资。

再次,基于比利尔等(2019)的分析框架,本书还考察了东道国(地区)金融发展和中国企业对外直接投资之间的关系。研究结论表明,东道国(地区)金融发展水平的提高可以通过竞争效应和融资效应两种渠道影响其吸收的直接投资额,但两种效应的作用效果相反。具体来说,竞争效应意味着当东道国(地区)融资环境改善时,更多东道国(地区)当地企业可以通过获得融资从而进入东道国(地区)市场,导致当地消费者对外国企业的产品需求下降,从而挤出中国跨国企业的对外直接投资。融资效应则意味着随着东道国(地区)金融发展水平的提高,中国跨国企业在东道国(地区)当地获取融资的难度下降,这降低了中国企业在东道国(地区)投资的进入门槛,从而提升中国跨国企业在东道国(地区)的海外投资收益。

最后,在理论模型的基础上,本书归纳总结了金融发展对中国企业对外直接投资的影响机制。分析指出,金融发展可以通过降低企业融资成本、拓宽企业融资渠道、优化资本配置效率等方式直接缓解企业的融资约束从而促进其进行海外投资,同时,金融发展也可以通过带动经济增长、促进企业创新和提升企业全要素生产率等方式间接缓解企业融资约束,从而有利于企业进入海外市场进行直接投资。

二、金融发展、融资约束和中国对外直接投资的经验结果

(一)中国金融发展、融资约束和中国企业对外直接投资

近年来,虽然中国对外直接投资的规模在不断扩大,但相比较发达国家而言,中国企业"走出去"的步伐相对缓慢,融资约束是制约中国企业对外直接投资的关键因素。利用2003—2013年中国工业企业对外直接投资的微观数据,

第四章研究了金融深化背景下融资约束与中国企业对外直接投资决策之间的关系。考虑到金融发展不仅意味着金融规模的扩大,也涵盖了金融深化程度和金融体系运行效率的提高,所以本书从金融规模、金融深化和金融效率三个维度解析中国金融发展这一指标。研究结论指出,企业的融资能力与企业的海外投资决策密切相关,融资能力的提升有助于中国企业进入国际市场进行直接投资。此外,中国金融发展水平的提高可以通过提高企业融资能力从而促进其进行对外直接投资。本书考察了金融发展三个维度对企业融资约束影响的差异性,结果表明中国金融效率提升对中国对外直接投资企业的融资约束纾解作用最明显,而中国金融规模扩张带来的融资约束缓解作用最小。这一结果意味着若金融规模的扩大不伴随金融体系运行效率的提高,那么中国金融发展将不能有效地缓解中国跨国企业面临的融资约束。

在全样本回归的基础上,本章亦进行了两类异质性检验。基于企业所在行业要素结构的异质性检验结果表明,中国金融发展水平的提高能够显著改善劳动密集型企业的融资困境从而有利于其进行对外直接投资,但这一机制在资本密集型企业中表现并不显著。我们认为这可能是因为劳动密集型企业在"走出去"的过程中具有更大的竞争优势。基于投资动因的异质性检验结果显示,直接投资发达国家的中国跨国企业受到中国金融发展的影响更大。这一部分的研究表明发达且完善的国内融资体系对中国企业海外直接投资具有重要的意义。

(二)东道国(地区)金融发展、融资约束与中国企业对外直接投资

对于面临融资约束的跨国企业来说,东道国(地区)的金融市场也是不容忽视的一个因素。基于2003—2021年期间20个制造业行业的海外并购的数据,第五章探讨了东道国(地区)金融发展和中国企业对外直接投资之间的关系。我们发现,从东道国(地区)角度看,金融发展水平的提高有助于东道国(地区)吸收更多来自中国的直接投资。通过在固定效应模型中引入东道国(地区)

金融发展和行业外部融资依赖度的交互乘积项,本书的研究发现东道国(地区)金融发展对中国对外直接投资的促进作用随着行业融资依赖度的上升而更加显著,这说明东道国(地区)金融发展可以通过降低中国企业对外部环境的融资依赖度从而提升中国对该东道国(地区)的直接投资规模。

基于行业融资依赖度差异的检验结果表明,东道国(地区)金融发展对中国企业对外直接投资的促进作用具有门槛系效应,只有当行业的融资需求达到一定水平时,上述促进作用才存在,这进一步验证了东道国(地区)金融发展的融资约束缓解作用。另外,基于行业要素结构差异的分样本回归结果显示,相较于劳动和资本密集型行业,东道国(地区)金融发展对于技术密集型对外直接投资的影响更加明显。综合来说,这一部分的研究表明东道国(地区)金融环境也是中国企业进行对外直接投资时需要考量的重要因素。

(三)双边金融发展对中国对外直接投资的宏观调节作用

基于微观数据的经验分析结果证实,不管是东道国(地区)金融市场,还是中国金融市场,其金融发展水平的提高都可以纾解中国企业的融资约束从而有助于其进行对外直接投资。那么,从宏观上说,双边金融发展是否有利于中国对外直接投资规模的上升呢?利用2003—2021年中国对外直接投资的国别和地区数据,本书检验了双边金融发展对中国对外直接投资的宏观调控作用。基准检验结果指出,第一,密切的双边经贸和政治关系、东道国(地区)健全的制度环境和丰富的自然资源禀赋都会促进中国对该东道国(地区)的对外直接投资额上升。另外,两国之间地理距离的扩大并不会阻碍中国对该东道国(地区)的直接投资规模。第二,从宏观上说,中国金融市场的流动性和股票市场深度的上升与中国对外直接投资没有显著关系,这一结论说明中国金融市场的发展水平还有待提高,中国金融市场应该成为助力中国企业海外投资的重要竞争力。第三,从总体上说,东道国(地区)金融发展水平的提高会正向促进中国对其直接投资额的上升,这又一次证实东道国(地区)完善的金融市场是吸引中国企业投资的一个重要区位因素。

在 2002—2022,中国对外直接投资经历了迅猛的发展,在全球的排名从 2002 年的第 26 位上升至 2022 年的第 2 位[①]。在此期间,东道国(地区)金融发展与中国对外直接投资之间的关系也可能发生了改变。为了分析两者之间的动态关系,本书采用分位数回归模型进行了更加深入的经验研究。研究结果指出,从总体上说,东道国(地区)金融发展水平的提高会正向促进中国对其直接投资额的上升,同时,金融发展对处于低分位数处中国对外直接投资的影响大于对处于高分位数处直接投资的影响。分样本检验结果显示东道国(地区)金融发展对中国对外直接投资的影响机制因国家收入水平的不同而表现出了国别差异:当东道国(地区)为高收入国家时,中国企业面临的进入门槛较高,对外部融资环境的依赖度较大;当东道国(地区)为中低收入国家时,中国企业对其的直接投资带有一定援助性质,因而对当地金融市场的依赖度较低。基于金融中介发展指标和股票市场发展指标的渠道检验结果表明,中国企业对东道国(地区)股票市场的融资依赖度更大。

第二节 政策建议

根据本书的研究结论,我们针对金融系统改革方向、政府政策调整方向和企业战略调整方向提出以下政策建议,希冀能够为引导中国企业"走出去"、推动中国经济发展和经济转型提供有益的借鉴。

一、金融体系改革方向相关政策建议

在开放的经济环境下,对外直接投资是跨国企业参与国际分工的主要渠道。通过对外直接投资,中国企业得以向全球价值链的上游攀升,但融资约束

---

① 《2022 年度中国对外直接投资统计公报》。

无疑是制约中国企业国际化发展的重要因素。本书的研究结论证实了金融系统的发展可以通过缓解融资约束从而促进中国企业的对外直接投资。虽然中国的金融市场正在快速发展,但仍存在一定不足,所以需要进一步推进金融系统改革,完善金融系统配置。对此,我们有如下政策建议。

第一,扩大金融市场规模,降低企业外部资金获取难度。金融市场改革的首要任务就是扩大金融市场规模。一方面,金融规模的提升可以通过货币创造的乘数效应引起货币供给量的上升,这将改善企业的外部融资环境,提升企业外部资金的可获得性,缓解企业融资约束。另一方面,金融规模的扩张会引起金融工具的增加,企业可以选择更加多样化的投资组合来满足自身的融资需求。目前来说,我国金融体系的发展相对不均衡,金融规模总量仍具有可提升性。一方面可通过增加直接融资的可获得性,提升企业外部融资的便利性;另一方面可以通过提升银行等间接融资渠道的定向贷款发放量,促进金融服务向跨国企业倾斜,加大对海外投资企业的资本投入力度。

第二,完善资本市场体系,改善金融市场结构。一直以来,中国金融市场以银行等传统信贷市场为主导,资本市场发展相对落后,这种金融市场结构并不有利于企业发展。银行部门在放贷中时常存在"嫌贫爱富"等现象,造成大量中小企业难以获得足够的资金支持,这大大降低了金融服务的触及深度和广度。由此建议大力发展股票市场、债券市场、期货和金融衍生品市场等资本市场,努力构建多层次的金融市场体系,改善金融结构,发挥金融体制对产业发展的资金保障作用,拓展企业的融资渠道,助力企业实现国际化经营。

第三,持续推进金融市场化改革,提升金融体系运行效率。中国的国情决定,政府在市场化过程中发挥着举足轻重的作用。在经济发展的早期,政府的宏观调控能够引导市场健康发展,但随着经济发展水平的提高,应尽量避免政府的过度干预而可能带来一定程度的金融抑制。为此,仍然要持续推进金融市场化改革,充分发挥市场机制的资源配置功能,实现市场的公平竞争。同时也要完善市场准入和退出机制,尊重市场优胜劣汰规则,提升金融体系的运行效率。

第四，鼓励中小银行发展，放松金融机构设立标准，增加金融业竞争强度，提升金融系统活力。目前大型国有商业银行控制了大量金融资源，股份制商业银行、城市商业银行等中小商业银行发展则相对缓慢。大型商业银行承担着为国有企业服务的职能，但对中小企业的信贷审批缺乏经验，导致中小企业较难从大型商业银行获取信贷支持；而中小商业银行大多为地方金融机构，对当地金融市场状况了解充分，在处理中小企业贷款信息时具有信息优势，是对国有商业银行业务的有力补充。由此建议大力支持中小商业银行发展，打破大型国有银行的垄断局面，提升金融系统活力。同时，健全的金融系统不仅包括银行，还包括信托公司、租赁公司、资产管理公司、小额信贷公司，所以我们建议放宽金融机构的准入标准，加大金融行业竞争强度，提升金融体系活力。这样一来，投资者可以在更加完善的金融市场中选择最合适的融资产品，企业的融资成本也会随之降低。通过金融市场改革的促进作用，帮助企业缓解融资约束，推动企业国际化水平的跃升。

第五，加强对中小企业的融资支持力度，缓解企业融资压力。在中国对外直接投资发展的早期，国有企业担任了"走出去"的领头兵。但随着中国企业国际化进程的不断推进，中小民营企业的对外直接投资占比不断上升。虽然中小民营企业是中国经济体中最具有活力的主体，但相较于国有企业，中小企业并不具有资金优势，面临的融资难度较大，所以需要重点关注中小企业"融资难""融资贵"的难题，切实解决中小企业的融资困境。目前看来，各级政府针对中小企业融资的难题已经制定了一系列政策，但执行力度不足，许多企业仍然面临着不同程度的融资困难。为此，政府部门应该进一步加强对中小企业的融资支持力度，制定针对中小企业投资的税收优惠政策，全面落实相关政策法规，确保中小企业的融资压力得到有效缓解。同时，我们建议相关政府部门搭建中小企业融资信息服务平台，鼓励金融机构推出针对中小企业的定向融资服务，降低金融市场对中小企业的信贷歧视。

二、政府政策调整方向相关政策建议

中国企业的快速发展离不开中国政府的有力支持,所以针对政府政策的调整方向,我们有如下政策建议。

第一,减少海外投资项目的审批程序,加快对"走出去"企业支持政策的制定进程,充分发挥政府的投资服务功能,提高审批效率。同时,政府部门也应该充分发挥自身的服务功能,为中国企业的海外投资保驾护航。

第二,构建多层次的金融合作机制,发挥金融市场的凝聚协同效应。中国企业对外直接投资的东道国(地区)金融发展水平参差不齐,单单依靠中国政府的努力并不足以支持中国企业的海外投资,所以政府部门应加强与各国政府以及金融机构的双边金融合作,积极调动双边金融资源,充分发挥双边金融发展对企业对外直接投资的正向引导作用。同时,金融合作机制也应拓展至区域层面和国内层面。从区域层面来说,随着"一带一路"倡议的提出,共建"一带一路"国家逐渐成为中国对外开放的重点投资区域,政府部门应努力提升针对这一区域投资的整体金融服务水平,充分发挥丝路基金等综合投资资金和中国 - 东盟投资合作基金等针对特定区域投资基金的融资服务功能,全面推进中国企业在共建"一带一路"国家的投资。对于国内层面来说,各级政府应大力推进以市场为导向的金融深化改革,协调各地区金融资源,促进金融体系的平衡发展。

第三,积极展开与各国的经济外交,签订或升级双边投资协定,保障中国企业的海外投资收益。虽然中国企业已经积累了一些海外投资经验,但在一些市场制度不完善、产权保护较弱的国家,企业面临的投资风险依然较大,签订双边投资协定能够为中国企业提供有效的投资保护。因此,相关部门应当积极与更多的国家签订双边投资协定,营造良好的国际投资环境。同时,对于已经签订投资协定的国家,政府应及时更新协定内容,扩大投资协议的保护范围,为企业的海外投资提供长足有效的保障机制。

第四,及时披露投资风险,并为中国企业的对外直接投资提供国别性的指导,提高其海外投资的成功率。海外投资不确定性较高,东道国(地区)当地政治环境、市场制度等因素都会显著影响企业的海外投资收益,因此,相关政府部门应及时更新东道国(地区)相关法律法规信息和政策的变化情况,披露海外投资风险,帮助企业准确评估项目投资的风险和收益。同时,政府部门也应致力于构建海外投资风险预警体系,完善海外投资信息披露机制,为跨国企业提供更加完善的信息服务,另外,经验分析的结果表明东道国(地区)特征对中国对外直接投资的影响表现出了国别差异,因此针对不同国家,政府部门应为跨国企业提供差异化的指导意见,帮助企业制定更加可靠的投资战略,降低企业海外投资风险。

第五,加强对技术寻求型对外直接投资的政策支持,稳步提升中国企业的国际影响力。技术寻求型对外直接投资不仅对中国企业的发展有着重要的战略意义,也是中国经济转向高质量发展的重要攻关目标。通过学习先进的技术和管理经验,跨国企业可以提高自身资源配置效率,进一步参与国际分工,向全球价值链的上游攀升。据此,政府部门应加大对技术寻求型对外直接投资的扶持力度,帮助企业挖掘自身优势,克服发展瓶颈,提升国际竞争力,而这也将有助于促进国内产业的转型升级,实现新时代下中国对外开放新发展格局。

三、企业战略调整方向相关政策建议

海外投资能够为中国经济的增长带来长足动力,所以需要坚定不移地引导具有国际竞争力的企业走出国门。对于进行海外投资的中国企业来说,我们有如下政策建议。

第一,中国企业需要努力培养核心竞争优势,进而提升融资能力,化解融资压力。面对日趋激烈的国际竞争,中国企业要努力提升自身和核心竞争力,努力培养自身的创新研发能力和资源整合能力,以此提升融资能力,缓解面临的融资约束。同时,企业也要努力提升运营能力和管理能力,只有企业真正具有适应国际市场的管理水平时,企业才能克服在东道国(地区)面临的"外来劣势",相应地,面临的融资约束也会随之降低,国际化发展的道路也会越走越顺。

第二,中国企业要努力拓展融资渠道,化解信贷歧视带来的融资困境。海外投资项目固定成本高,同时项目周期较长、风险较大,这些因素会导致部分企业难以从银行等传统信贷部门获得资金支持。单纯依靠银行信贷会大大限制企业的融资能力,所以本书建议跨国企业采取更加多样化的融资方式,通过股票、债券、资产证券化产品等直接融资渠道获取资金支持,降低对银行贷款等间接融资渠道的依赖度,化解自身的融资困境。

第三,跨国企业自身要积极寻找东道国(地区)的金融资源,缓解自身的融资约束,提高资金使用效率,从而提升国际竞争力。本书的研究结论指出东道国(地区)金融发展水平的提高对中国企业的直接投资很有裨益,所以我们建议跨国企业要注重利用东道国(地区)的金融资源拓宽融资渠道。一方面,跨国企业要积极寻找东道国(地区)金融中介的资金支持,缓解自身的融资约束,提高资金使用效率和风险管控能力。另一方面,跨国企业还可以积极利用东道国(地区)有利的金融环境,努力与当地企业、金融机构开展合作,尽快融入东道国(地区)金融市场,充分利用当地金融市场的资源配置功能,提升投资效率和市场竞争力。

第四,面临复杂多变的国际投资环境,企业自身还需要通过多种渠道了解海外投资环境,尤其是东道国(地区)的金融发展环境,制定更加可靠长远的发展战略,提升海外投资的成功率。由于中国与东道国(地区)在政治环境、市场制度、宗教文化等方面均存在一定差异,国内投资者无法准确了解跨国企业投资项目的信息,这降低了跨国企业在国内获得资金支持的可能性。所以中国企业应充分了解东道国(地区)市场信息,以利润最大化和投资者权益最大化为企业发展目标,制定科学可靠的投资战略,这样才能获得更多投资者的青睐,降低融资压力。

参 考 文 献

[1] 金祥义, 张文菲. 数字金融发展促进了企业国际化水平提升吗？[J]. 世界经济研究, 2024（1）: 105-119.

[2] 马述忠, 吴鹏, 房超. 东道国（地区）数据保护是否会抑制中国电商跨境并购[J]. 中国工业经济, 2023（2）: 93-111.

[3] 蒋冠宏, 曾靓. 融资约束与中国企业对外直接投资模式: 跨国并购还是绿地投资[J]. 财贸经济, 2020（2）: 132-145.

[4] 李俊青, 谢芳. 外资银行进入能够促进企业创新吗？——基于跨国的经验证据[J]. 国际金融研究, 2020（1）: 54-64.

[5] 金晓梅, 张幼文, 赵瑞丽. 行业要素结构与对外直接投资: 来自中国工业企业的经验研究[J]. 世界经济研究, 2019（6）: 109-123.

[6] 刘志东, 高洪玮. 东道国（地区）金融发展, 空间溢出效应与我国对外直接投资——基于共建"一带一路"国家金融生态的研究[J]. 国际金融研究, 2019（8）: 45-55.

[7] 毛其淋, 王澍. 地方金融自由化如何影响中国企业出口？: 以城市商业银行发展为例[J]. 世界经济研究, 2019（8）: 11-29.

[8] 张宽, 黄凌云. 金融发展如何影响区域创新质量？——来自中国对外贸易的解释[J]. 国际金融研究, 2019（9）: 32-42.

[9] 黄浩. 数字金融生态系统的形成与挑战——来自中国的经验 [J]. 经济学家, 2018（4）: 80-85.

[10] 李磊, 冼国明, 包群. "引进来"是否促进了"走出去"？——外商投资对中国企业对外直接投资的影响 [J]. 经济研究, 2018（3）: 144-158.

[11] 方福前, 邢炜. 经济波动、金融发展与工业企业技术进步模式的转变 [J]. 经济研究, 2017（12）: 76-90.

[12] 刘青, 陶攀, 洪俊杰. 中国海外并购的动因研究——基于广延边际与集约边际的视角 [J]. 经济研究, 2017（1）: 28-43.

[13] 田巍, 余淼杰. 汇率变化、贸易服务与中国企业对外直接投资 [J]. 世界经济, 2017（11）: 23-46.

[14] 杨连星, 罗玉辉. 中国对外直接投资与全球价值链升级 [J]. 数量经济技术经济研究, 2017（6）: 54-70.

[15] 冀相豹. 企业融资约束是否影响中国对外直接投资？[J]. 中国经济问题, 2016（2）: 3-15.

[16] 齐俊妍, 王晓燕. 金融发展对出口净技术复杂度的影响——基于行业外部金融依赖的实证分析 [J]. 世界经济研究, 2016（2）: 34-45.

[17] 吴先明, 黄春桃. 中国企业对外直接投资的动因：逆向投资与顺向投资的比较研究 [J]. 中国工业经济, 2016（1）: 99-113.

[18] 严兵, 张禹. 生产率、融资约束与对外直接投资 [J]. 世界经济研究, 2016（9）: 86-96.

[19] 杨宏恩, 孟庆强, 王晶, 李浩. 双边投资协定对中国对外直接投资的影响：基于投资协定异质性的视角 [J]. 管理世界, 2016（4）: 24-36.

[20] 杨娇辉, 王伟, 谭娜. 破解中国对外直接投资区位分布的"制度风险偏好"之谜 [J]. 世界经济, 2016（11）: 3-27.

[21] 余官胜, 都斌. 企业融资约束与对外直接投资国别区位选择——基于微观数据排序模型的实证研究 [J]. 国际经贸探索, 2016（1）: 96-105.

[22] 方英,池建宇.政治风险对中国对外直接投资意愿和规模的影响——基于实物期权和交易成本的视角 [J].经济问题探索,2015(7):99-106.

[23] 洪联英,陈思,韩峰.海外并购、组织控制与投资方式选择——基于中国的经验证据 [J].管理世界,2015(10):48-61.

[24] 黄志勇,万祥龙,许承明.金融发展对我国对外直接投资的影响——基于省级面板数据的实证分析 [J].世界经济与政治论坛,2015(1):122-135.

[25] 蒋冠宏.企业异质性和对外直接投资——基于中国企业的检验证据 [J].金融研究,2015(12):81-96.

[26] 李磊,包群.融资约束制约了中国工业企业的对外直接投资吗？ [J].财经研究,2015(6):120-131.

[27] 刘莉亚,何彦林,王照飞,程天笑.融资约束会影响中国企业对外直接投资吗？——基于微观视角的理论和实证分析 [J].金融研究,2015(8):124-140.

[28] 吕越,盛斌.融资约束是制造业企业出口和OFDI的原因吗？——来自中国微观层面的经验证据 [J].世界经济研究,2015(9):13-21.

[29] 孟醒,董有德.社会政治风险与我国企业对外直接投资的区位选择 [J].国际贸易问题,2015(4):106-115.

[30] 王碧珺,谭语嫣,余森杰,黄益平.融资约束是否抑制了中国民营企业对外直接投资 [J].世界经济,2015(12):56-80.

[31] 杨建清.对外直接投资的区域差异及决定因素研究 [J].管理世界,2015(5):172-173.

[32] 姚耀军,董钢锋.中小企业融资约束缓解：金融发展水平重要抑或金融结构重要？———来自中小企业板上市公司的经验证据 [J].金融研究,2015(4):148-161.

[33] 余官胜.东道国(地区)金融发展和我国企业对外直接投资——基于动机异质性视角的实证研究 [J].国际贸易问题,2015(3):138-145.

[34] 戴翔. 生产率与中国企业"走出去": 服务业和制造业有何不同? [J]. 数量经济技术经济研究, 2014 (6): 74-87.

[35] 金洪飞, 万兰兰. 基于选择抽样的银行危机先行指标研究 [J]. 财经研究, 2014 (05): 54-63.

[36] 沈能, 赵增耀, 周晶晶. 生产要素拥挤与最优集聚度识别——行业异质性的视角 [J]. 中国工业经济, 2014 (5): 83-95.

[37] 王永钦, 杜巨澜, 王凯. 中国对外直接投资区位选择的决定因素: 制度, 税负和资源禀赋 [J]. 经济研究, 2014 (12): 126-142.

[38] 文东伟, 冼国明. 企业异质性、融资约束与中国制造业企业的出口 [J]. 金融研究, 2014 (04): 98-113.

[39] 肖慧敏, 刘辉煌. 中国企业对外直接投资的学习效应研究 [J]. 财经研究, 2014 (4): 42-55.

[40] 谢军, 黄志忠. 宏观货币政策和区域金融发展程度对企业投资及其融资约束的影响 [J]. 金融研究, 2014 (11): 64-78.

[41] 余官胜, 袁东阳. 金融发展是我国企业对外直接投资的助推器还是绊脚石——基于量和质维度的实证研究 [J]. 国际贸易问题, 2014 (8): 125-134.

[42] 葛顺奇, 罗伟. 中国制造业企业对外直接投资和母公司竞争优势 [J]. 管理世界, 2013 (6): 28-42.

[43] 鞠晓生, 卢获, 虞义华. 融资约束、营运资本管理与企业创新可持续 [J]. 经济研究, 2013 (1): 4-16.

[44] 裴长洪. 中国海外投资促进体系研究 [M]. 北京: 社会科学文献出版社, 2013.

[45] 沈军, 包小玲. 中国对非洲直接投资的影响因素——基于金融发展与国家风险因素的实证研究 [J]. 国际金融研究, 2013 (9): 64-74.

[46] 张成思, 朱越腾, 芦哲. 对外开放对金融发展的抑制效应之谜 [J]. 金融研究, 2013 (6): 16-30.

[47] 邓明. 制度距离,"示范效应"与中国 OFDI 的区位分布 [J]. 国际贸易问题, 2012 (2): 123-135.

[48] 蒋冠宏, 蒋殿春. 中国对外投资的区位选择: 基于投资引力模型的面板数据检验 [J]. 世界经济, 2012 (9): 21-40.

[49] 金洪飞, 李向阳, 林心怡. 国际金融危机对中国外商直接投资的影响——基于面板数据的经验分析 [J]. 国际金融研究, 2012 (10): 55-67.

[50] 李磊, 郑昭阳. 议中国对外直接投资是否为资源寻求型 [J]. 国际贸易问题, 2012 (2): 146-157.

[51] 聂辉华, 江艇, 杨汝岱. 中国工业企业数据库的使用现状和潜在问题 [J]. 世界经济, 2012 (5): 142-158.

[52] 李子奈, 叶阿忠. 高等应用计量经济学 [M]. 北京: 清华大学出版社, 2012.

[53] 宗芳宇, 路江涌, 武常岐. 双边投资协定, 制度环境和企业对外直接投资区位选择 [J]. 经济研究, 2012 (5): 71-82.

[54] 于洪霞, 龚六堂, 陈玉宇. 出口固定成本融资约束与企业出口行为 [J]. 经济研究, 2011 (4): 55-67.

[55] 郭杰, 黄保东. 储蓄、公司治理、金融结构与对外直接投资: 基于跨国比较的实证研究 [J]. 金融研究, 2010 (2): 76-90.

[56] 金洪飞, 简永军, 陈利贤. 国际金融危机对中国外商直接投资的影响机理与对策 [J]. 当代财经, 2010 (2): 105-112.

[57] 沈红波, 寇宏, 张川. 金融发展、融资约束与企业投资的实证研究 [J]. 中国工业经济, 2010 (6): 55-64.

[58] 程惠芳, 阮翔. 用引力模型分析中国对外直接投资的区位选择 [J]. 世界经济, 2004 (11): 23-30.

[59] Croce, A., Schwienbacher, A., Ughetto, E. Internationalization of business angel investments: The role of investor experience [J]. International

Business Review, 2023, 32(1): 102033.

[60] Chen, Z., Lv, B., Liu, Y. Financial Development and the Composition of Government Expenditure: Theory and Cross-Country Evidence[J]. International Review of Economics and Finance, 2019, 64: 600-611.

[61] Bilir, L. K., Chor, D., Manova, K. Host-Country Financial Development and Multinational Activity[J]. European Economic Review, 2019, 115: 192-220.

[62] Alquist, R., Berman, N., Mukherjee, R., Tesar, L. L. Financial Constraints, Institutions, and Foreign Ownership[J]. Journal of International Economics, 2019, 118: 63-83.

[63] Lian, L., Chen, C. Financial development, ownership and internationalization of firms: evidence from China[J]. China Finance Review International, 2017, 7(3): 343-369.

[64] Li, J. Financial Constraints and Financing Decision in Cross-Border Mergers & Acquisitions: Evidence from the US Retail Sector[D]. Ph.D. Dissertation, Michigan State University, 2017.

[65] Dreger, C., Schüler-Zhou, Y., Schüller, M. Determinants of Chinese Direct Investments in the European Union[J]. Applied Economics, 2017, 49(42): 4231-4240.

[66] Desbordes, R., Wei, S. J. Foreign Direct Investment and External Financing Conditions: Evidence from Normal and Crisis Times[J]. The Scandinavian Journal of Economics, 2017, 119(4): 1129-1166.

[67] Blonigen, B. A., Lee, D. Heterogeneous Frictional Costs Across Industries in Cross-border Mergers and Acquisitions[R]. NBER Working Paper No. w22546, 2016.

[68] Bouët, A., Vaubourg, A. Financial Constraints and International

Trade with Endogenous Mode of Competition[J]. Journal of Banking and Finance, 2016, 68: 179-194.

[69] Chaney, T. Liquidity Constrained Exporters[J]. Journal of Economic Dynamics and Control, ,2016, 72: 141-154.

[70] Conconi, P., Sapir, A., Zanardi, M. The Internationalization Process of Firms: From Exports to FDI[J]. Journal of International Economics, 2016,99: 16-30.

[71] Ahern, K. R., Daminelli, D., Fracassi, C. Lost in Translation? The Effect of Cultural Values on Mergers around the World[J]. Journal of Financial Economics, 2015, 117(1): 165-189.

[72] Manova, K., Wei, S.J., Zhang, Z. Firm Exports and Multinational Activity under Credit Constraints[J]. Review of Economics and Statistics, 2015, 97(3): 574-588.

[73] Blonigen, B. A., Piger, J. Determinants of Foreign Direct Investment[J]. Canadian Journal of Economics/Revue canadienne d' économique, 2014, 47(3): 775-812.

[74] Feenstra, R. C., Li, Z., Yu, M. Exports and Credit Constraints Under Incomplete Information: Theory and Evidence from China[J]. Review of Economics and Statistics, 2014, 96(4): 729-744.

[75] Gallagher, K. P., Irwin A. Exporting national champions: China's Outward Foreign Direct Investment Finance in Comparative Perspective[J]. China and World Economy, 2014, 22(6): 1-21.

[76] Helpman, E., Melitz, M. J., Yeaple, S. R. Export Versus FDI with Heterogeneous Firms[J]. American Economic Review, 2014, 94(1): 300-316.

[77] Hsu, P., Tian, X., Xu, Y. Financial Development and Innovation: Cross-Country Evidence[J]. Journal of Financial Economics, 2014, 112(01):

116-135.

[78] Aleksynska, M., Havrylchyk, O. FDI from the South: The Role of Institutional Distance and Natural Resources[J]. European Journal of Political Economy, 2013, 29: 38-53.

[79] Amighini, A., Rabellotti, R., Sanfilippo, M. China's outward FDI: An industry-level analysis of host-country determinants[J]. Frontiers of Economics in China, 2013, 8(3): 309-336.

[80] Crozet, M., Trionfetti, F. Firm-Level Comparative Advantage[J]. Journal of International Economics, 2013, 91(2): 321-328.

[81] Manova, K. Credit Constraints, Heterogeneous Firms, and International Trade[J]. Review of Economic Studies, 2013, 80(2): 711-744.

[82] Bricongne, J., Fontagné, L., Gaulier, G., Taglioni, D., Vicard, V. Firms and the Global Crisis: French Exports in the Turmoil[J]. Journal of International Economics, 2012, 87(1): 134-146.

[83] Erel, I., Liao, R. C., Weisbach, M. S. Weisbach. Determinants of Cross-Border Mergers and Acquisitions[J]. Journal of Finance, 2012, 67(3): 1045-1082.

[84] Kolstad, I., Wiig, A. What Determines Chinese Outward FDI? [J]. Journal of World Business, 2012, 47(1): 26-34.

[85] Brown, M., Ongena, S., Popov, A., Yeşin, P. Who Needs Credit and Who Gets Credit in Eastern Europe?[J]. Economic Policy, 2011, 26(65): 93-130.

[86] Cuyvers, L., Soeng, R., Plasmans, J., Van Den Bulcke, D. Determinants of Foreign Direct Investment in Cambodia[J]. Journal of Asian Economics, 2011, 22(3): 222-234.

[87] Ju, J., Wei, S. When is Quality of Financial System a Source of

Comparative Advantage? [J]. Journal of International Economics, 2011, 84(2): 178-187.

[88] Zhang, J., Zhou, C., Ebbers, H. Completion of Chinese Overseas Acquisitions: Institutional Perspectives and Evidence[J]. International Business Review, 2011, 20(02): 226-238.

[89] Buch, C. M., Kesternich, I., Lipponer A., Schnitzer, M. Exports Versus FDI Revisited: Does Finance Matter? [R]. GESY Discussion Paper No. 340, 2010.

[90] Cheng, L. K., Ma, Z. China's Outward Foreign Direct Investment, in: Feenstra, R. C. and Wei, S. J. eds, China's growing role in world trade[M]. Chicago: University of Chicago Press, 2010.

[91] Greenwood, J., Sanchez, J. M., Wang, C. Financing Development: The Role of Information Costs[J]. American Economic Review, 2010, 100(4): 1875-1891.

[92] Hadlock, C. J., Pierce, J. R. New Evidence on Measuring Financial Constraints: Moving Beyond the KZ Index[J]. Review of Financial Studies, 2010, 23(5): 1909-1940.

[93] Luo, Y., Xue, Q., Han, B. How Emerging Market Governments Promote øutward FDI: Experience from China[J]. Journal of World Business, 2010, 45(1): 68-79.

[94] Buch, C. M., Kesternich, I., Lipponer, A., Schnitzer, M. Financial Constraints and the Margins of FDI[R]. CEPR Discussion Paper No. 277, 2009.

[95] Cheung, Y. W., Qian, X. Empirics of China's Outward Direct Investment[J]. Pacific Economic Review, 2009, 14(3): 312-341.

[96] Huizinga, H. P., Voget, J. International Taxation and the Direction

and Volume of Cross - Border M&As[J]. Journal of Finance, 2009, 64(3): 1217-1249.

[97]Johanson, J., Vahlne, J. The Uppsala Internationalization Process Model Revisited: From Liability of Foreignness to Liability of Outsidership[J]. Journal of International Business Studies, 2009, 40(9): 1411-1431.

[98]Lu S F, Yao Y. The Effectiveness of Law, Financial Development, and Economic Growth in an Economy of Financial Repression: Evidence from China[J]. World Development, 2009, 37(4): 763-777

[99]Yeaple, S. R. Firm Heterogeneity and the Structure of US Multinational Activity[J]. Journal of International Economics, 2009, 78(2): 206-215.

[100]Head, K., Ries, J. FDI as an Outcome of the Market for Corporate Control: Theory and Evidence[J]. Journal of International Economics, 2008, 74(1): 2-20.

[101]Manova, K. Credit Constraints, Equity Market Liberalizations and International Trade[J]. Journal of International Economics, 2008, 76(1): 33-47.

[102]Mayer, T., Ottaviano, G. I. The Happy Few: The Internationalisation of European Firms[J]. Intereconomics, 2008, 43(3): 135-148.

[103]Morck, R., Yeung, B., Zhao, M. Perspectives on China's Outward Foreign Direct Investment[J]. Journal of International Business Studies, 2008, 39(03): 337-350.

[104]Oh, C. H., Selmier, II. W. T. Expanding International Trade Beyond the RTA Border: The Case of ASEAN's Economic Diplomacy[J]. Economics Letters, 2008, 100(3): 385-387.

[105]Bénassy-Quéré, A., Coupet, M., Mayer, T. Institutional Determinants of Foreign Direct Investment[J]. World Economy, 2007, 30(5):

764-782.

[106] Bernard, A. B., Jensen, J. B. Firm Structure, Multinationals, and Manufacturing Plant Deaths[J]. The Review of Economics and Statistics, 2007, 89(2): 193-204.

[107] Buckley, P. J., Clegg, L. J., Cross, A. R., Liu, X., Voss, H., Zheng, P. The Determinants of Chinese Outward Foreign Direct Investment[J]. Journal of International Business Studies, 2007, 38(4): 499-518.

[108] Kroszner, R. S., Laeven, L., Klingebiel, D. Banking Crises, Financial Dependence, and Growth[J]. Journal of Financial Economics, 2007, 84(1): 187-228.

[109] Nocke, V., Yeaple, S. Cross-Border Mergers and Acquisitions vs. Greenfield Foreign Direct Investment: The Role of Firm Heterogeneity[J]. Journal of International Economics, 2007, 72(2): 336-365.

[110] Aghion, P., Fally, T., Scarpetta, S. Credit Constraints as a Barrier to the Entry and Post-Entry Growth of Firms[J]. Economic Policy, 2007, 22(52): 732-779.

[111] Bodie, Z., Merton, R. C. Design of Financial Systems: Towards a Synthesis of Function and Structure[J]. Journal of Investment Management, ,2006, 3(1): 1-23.

[112] Feinberg, S.E. and Keane, M.P. Accounting for the growth of MNC-based trade using a structural model of US MNCs[J]. American Economic Review, 2006, 96(5): 1515-1558.

[113] Goldstein, I., Razin, A. An Information-Based Trade Off between Foreign Direct Investment and Foreign Portfolio Investment[J]. Journal of International Economics, 2006, 70(1): 271-295.

[114] Navaretti, G. B., Venables, A. J., Barry, F. Multinational Firms in the

World Economy[M]. Princeton: Princeton University Press, 2006.

［115］Whited, T. M., Wu, G. Financial Constraints Risk[J]. Review of Financial Studies, 2006, 19(2): 531-559.

［116］Aghion, P., Howitt, P., Mayer-Foulkes, D. The Effect of Financial Development on Convergence: Theory and Evidence[J]. The Quarterly Journal of Economics, 2005, 120(1): 173-222.

［117］Blonigen, B. A. A Review of the Empirical Literature on FDI Determinants[J]. Atlantic EconomicJjournal, 2005, 33(4): 383-403.

［118］Christiansen, F. China's Emerging Global Businesses: Political Economy and Institutional Investigations[J]. China Review International, 2005, 12(1): 288-289.

［119］Di Giovanni, J. What Drives Capital Flows? The Case of Cross-Border M&A Activity and Financial Deepening[J]. Journal of International Economics, 2005, 65(1): 127-149.

［120］Levine, R. Finance and Growth: Theory and Evidence, in Aghion, P. and Durlauf, S., eds, Handbook of Economic Growth[M], Amsterdam: Elsevier, 2005.

［121］Antràs, P., Helpman, E. Global Sourcing[J]. Journal of Political Economy, 2004, 112(3): 552-580.

［122］Beck, T., Levine, R. Stock Markets, Banks, and Growth: Panel Evidence[J]. Journal of Banking and Finance, 2004, 28(3): 423-442.

［123］Antràs, P. Firms, Contracts, and Trade Structure[J]. The Quarterly Journal of Economics, 2003, 118(4): 1375-1418.

［124］Fidrmuc, J., Fidrmuc, J. Disintegration and Trade[J]. Review of International Economics, 2003, 11(5): 811-829.

［125］Head, K., Ries, J. Heterogeneity and the FDI Versus Export

Decision of Japanese Manufacturers[J]. Journal of the Japanese and International Economies, 2003, 17(4): 448-467.

[126] Melitz, M. J. The Impact of Trade on Intra - Industry Reallocations and Aggregate Industry Productivity[J]. Econometrica, 2003, 71(6): 1695-1725.

[127] Mody, A., Razin, A., Sadka, E. The Role of Information in Driving FDI Flows: Host-Country Tranparency and Source Country Specialization[R]. NBER Working Paper No. w9662, 2003.

[128] Sethi, D., Guisinger, S. E., Phelan, S. E., Berg, D. M. Trends in Foreign Direct Investment Flows: A Theoretical and Empirical Analysis[J]. Journal of International Business Studies, 2003, 34(4): 315-326.

[129] Tadesse, S. Financial Architecture and Economic Performance: International Evidence[J]. Journal of Financial Intermediation, 2002, 11(4): 429-454.

[130] Beck, T. Financial Development and International Trade: Is There a Link?[J]. Journal of International Economics, ,2002, 57(1): 107-131.

[131] Globerman, S., Shapiro, D. Global Foreign Direct Investment Flows: The Role of Governance Infrastructure[J]. World Development, 2002, 30(11): 1899-1919.

[132] Klein, M. W., Peek, J., Rosengren, E. S. Troubled Banks, Impaired Foreign Direct Investment: The Role of Relative Access to Credit[J]. American Economic Review, ,2002, 92(3): 664-682.

[133] Platt, H. D., Platt, M. B. Predicting Corporate Financial Distress: Reflections on Choice-Based Sample Bias[J]. Journal of Economics and Finance, 2002, 26(2): 184-199.

[134] Meyer, K. E. Institutions, Transaction Costs, and Entry Mode

Choice in Eastern Europe[J]. Journal of International Business Studies, 2001, 32(2): 357-367.

[135] Barney, J. B. Resource-Based Theories of Competitive Advantage: A Ten-Year Retrospective on the Resource-Based View[J]. Journal of Management, 2001, 27(6): 643-650.

[136] Wei, S. How Taxing is Corruption on International Investors?[J]. Review of Economics and Statistics, 2000, 82(1): 1-11.

[137] Kaplan, S. N., Zingales, L. Investment-Cash Flow Sensitivities are not Valid Measures of Financing Constraints[J]. The Quarterly Journal of Economics, 2000, 115(2): 707-712.

[138] Cleary, S. The Relationship Between Firm Investment and Financial Status[J]. The Journal of Finance, 1999, 54(2): 673-692.

[139] Rajan, R. G., Zingales, L. Financial Dependence and Growth[J]. American Economic Review, 1998, 88(3): 559-586.

[140] Dunning, J. H. Location and the Multinational Enterprise: A Neglected Factor?[J]. Journal of International Business Studies, 1998, 29(1): 45-66.

[141] Levine, R. Financial Development and Economic Growth: Views and Agenda[J]. Journal of Economic Literature, 1997, 35(2): 688-726.

[142] Acemoglu, D., Zilibotti, F. Was Prometheus Unbound by Chance? Risk, Diversification, and Growth[J]. Journal of Political Economy, 1997, 105(4): 709-751.

[143] Caves, R. E. Multinational Enterprise and Economic Analysis[M]. Cambridge: Cambridge University Press, 1996.

[144] Bodie, Z., Merton, R. C. A Conceptual Frame Work for Analyzing the Financial Environment[M]. Boston, Mass.: Harvard Business School

Press, 1995.

[145] King, R. G., Levine, R. Finance, Entrepreneurship and Growth[J]. Journal of Monetary Economics, 1993, 32(3): 513-542.

[146] Blomström, M., Lipsey, R. E. Firm Size and Foreign Operations of Multinationals[J]. The Scandinavian Journal of Economics, 1991, 93(1): 101-107.

[147] Hart, O., Moore, J. Property Rights and the Nature of the Firm[J]. Journal of Political Economy, 1990, 98(6): 1119-1158.

[148] Fazzari, S., Hubbard, R. G., Petersen, B. Investment, Financing Decisions, and Tax Policy[J]. American Economic Review, 1988, 78(2): 200-205.

[149] Feinberg, S., Phillips, G. Firm-Specific Resources, Financial-Market Development and the Growth of US Multinationals[R]. NBER Working Paper No. w9252, 2002.

[150] Dunning, J. H. The Theory of International Production[J]. The International Trade Journal, 1988, 3(1): 21-66.

[151] Kletzer, K., Bardhan, P. Credit Markets and Patterns of International Trade[J]. Journal of Development Economics, 1987, 27(1-2): 57-70.

[152] Helpman, E. Imperfect Competition and International Trade: Evidence from Fourteen Industrial Countries[J]. Journal of the Japanese and Iinternational Economies, 1987, 1(1): 62-81.

[153] Grossman, S. J., Hart, O. D. The Costs and Benefits of Ownership: A Theory of Vertical and Lateral Integration[J]. Journal of Political Economy, 1986, 94(4): 691-719.

[154] Myers, S. C., Majluf, N. S. Corporate Financing and Investment Decisions When Firms Have Information that Investors Do Not Have[J].

Journal of Financial Economics, 1984, 13(2): 187-221.

［155］Lall, S. The Rise of Multinationals from the Third World[J]. Third World Quarterly, 1983, 5(3): 618-626.

［156］Maddala, G. S. Limited-Dependent and Qualitative Variables in Econometrics[M]. Cambridge: Cambridge University Press, 1983.

［157］Kravis, I. B., Lipsey, R. E. The Location of Overseas Production and Production for Export by US Multinational Firms[J]. Journal of International Economics, 1982, 12(3-4): 201-223.

［158］Dunning, J. Explaining the International Direct Investment Position of Countries: Towards a Dynamic or Developmental Approach[J]. Review of World Economics, 1981, 117(1): 30-64.

［159］Krugman, P. Scale Economies, Product Differentiation, and the Pattern of Trade[J]. American Economic Review, 1980, 70(5): 950-959.

［160］Koenker, R., Bassett, Jr. G. Regression Quantiles[J]. Econometrica, 1978, 46(1): 33-50.

［161］Dixit, A. K., Stiglitz, J. E. Monopolistic Competition and Optimum Product Diversity[J]. American Economic Review, 1977, 67(3): 297-308.

［162］Buckley, P. J., Casson, M. The Future of the Multinational Enterprise[M], London: Macmillan, 1976.

［163］Seigel, D. G., Greenhouse, S. W. Multiple Relative Risk Functions in Case-Control Studies[J]. American Journal of Epidemiology, 1973, 97(5): 324-331.

［164］Kindleberger, C. P. American Business Abroad: Six Lectures on Direct Investment[M]. New Haven, Conn.: Yale Univesrity Press, 1969.

［165］Hymer, S. H. The International Operations of National Firms: A Study of Direct Foreign Investment[D]. Ph.D. Dissertation, MIT, 1960.

[166] Miller, M., Modigliani, F. The Cost of Capital, Corporate Finance and the Theory of Investment[J]. American Economic Review, 1958, 48(3): 261-297.

[167] Ohlin, B. Inter-regional and International Trade[M] Cambridge, Mass.: Harvard University Press, 1933.